Kim Walter

Ghost Cat

Ein Kater rächt sich an seinem Mörder

Roman nach einer wahren Begebenheit

*Bibliographische Information der Deutschen Nationalbibliothek.
Die Deutsche Nationalbibliothek verzeichnet die Publikation in der Deutschen National- biographie; detaillierte bibliografische Daten sind im Internet über http.//dnb.de abrufbar.*

*TWENTYSIX
Eine Marke der Books on Demand GmbH*

Herstellung und Verlag:

BoD – Books on Demand, Norderstedt

ISBN: 978-3-740786816

Die Rache ist mein, ich will vergelten. Zu seiner Zeit soll ihr Fuß gleiten, denn die Zeit ihres Unglücks ist nahe, und was über sie kommen soll, eilt herzu.

Lutherbibel 1912, 5. Mose 32:35

Wer keine Katzen mag,

muss in seinem früheren Leben

eine Maus gewesen sein.

Sprichwort

Inhaltsverzeichnis

Vorwort

Diese Buch habe ich für Leute geschrieben, die Katzen lieben und Katzenmörder hassen. Es beruht auf wahren Begebenheiten. Mein Kater Pedro de la Selva wurde am 27.12.1986 von meinem Nachbarn ermordet. Diese Bestie in Menschengestalt ist inzwischen 86 Jahre alt und lebt in Beef Home City als geachteter Bürger. Vielen Freunden dieser edlen Samtpfoten scheint das unmöglich zu sein, doch es ist so, obwohl ich vielen Leuten von dem Mord an meinem Kater berichtet habe. Anscheinend ist diese Tatsache für die Bürger von Beef Home City uninteressant. Wenn sie etwas aufregt, ist es sein Autofahrstil, den sie als grenzwertig bewerten, da er viel zu schnell fährt und ihn das Rechts-vor-Links-Gebot nicht interessiert. Seine Einstellung zu Parkplatzremplern heißt: Wegsehen und weiterfahren, falls keine Zeugen vorhanden sind.
In diesem Buch gibt es einige Anregungen für Leute, welche Rachegefühle hegen oder gerne darüber lesen.
Pedro verwendet eines seiner sieben Leben dafür, den Mord an ihm zu rächen. Die Zahl sieben ist ebenso wie die Acht das Symbol für Vollkommenheit in der christlichen Numerologie. Sie wird auch oft als Synonym für die Unendlichkeit verstanden. Die Redensart der sieben Leben ist die Fähigkeit der Katzen, Stürze aus großer Höhe zu überleben geschuldet. Sie müssen allerdings genügend Zeit haben, ihren Körper während des Falls zu drehen und ihre Pfoten in die „Landeposition" zu bringen. Damit Pedro die Rache gelingt, wünscht er sich unsichtbar zu sein und kommt als Ghost Cat auf die Erde zurück. Menschen wie Eva und Tom können ihn erahnen. Sie haben ihn schon in seinem vorigen Leben geliebt. Da sie sehr sensibel sind, sehen sie ihn mit der Zeit immer besser. Pedro fängt mit kleinen Rachestreichen an und steigert sich bei jedem neuen Abenteuer bis etwas Unerwartetes geschieht.

Mitwirkende Menschen

Eva und Tom:

Sie sind Freunde von Pedro, er zieht bei ihnen ein.

Anna:

Sie ist die Freundin und Adoptivmutter von Kleopatra.

Karl:

Er ist der Freund von Emma.

Emma:

Sie ist eine polnische Pflegekraft, die der Katzenmörder heiratet.

Mitwirkende Katzen

Bastet:

Sie ist die Göttin aller Katzen.

Pedro de la Selva und Kleopatra:

Hauptakteur Pedro wurde am 27.06.1986 ermordet, er bekommt ein weiteres Leben um sich zu rächen. Kleopatra ist die Freundin von Pedro.

Sam:

Er ist ein russisches Waisenkind aus der Taiga. Mit einer Bauernfamilie im Süden Russlands zieht er nach Deutschland um. Er ist Pedros engster Freund im vorigen Leben.

Tomassso:

Er heißt eigentlich Thomas, und kommt aus Hamburg. Er ist der beste Segler und Angler. Er fängt den größten Seehecht und teilt ihn mit allen Freunden. Thorsten und Tatjana segeln mit ihm nach Key West.

Othello:

Er ist ein Italiener aus Venedig, seine Eltern lebten bei einem Straßenmusikanten, der melancholische Musik in den Gassen Venedigs vorspielt. Die Eltern von Othello führten dazu sportliche Übungen vor.

Ernesto :

Er ist der Kater von Olivenzüchter Pablo aus Portugal. Leonore ist seine geliebte Freundin, die vor drei Jahren gestorben ist.

Charly:

Charly lebte in Spanien. Er kennt seine Eltern nicht. Er wird von Dolores, einer fremden Katzenmutter mit zwei Jungen angenommen und gefüttert. Die Katzenhilfe entführt ihn nach Deutschland.

Viktor:

Er ist Präsident des Angel- und Katzenclubs. Er wurde in der Pfalz geboren. Seine Eltern waren sehr streng. Sein Vater war Hauptmann beim „Geheimen Felidae Corps".

Biri:

Sie ist eine stattliche Birmakatze und schenkt Kleopatra zum Geburtstag eine Margerite.

Gustav:

Er schenkt Kleopatra einen schimmernden geschliffenen Stein zum Geburtstag.

Mohrle:

Er ist ein Freund von Charly. Er hört „das Gras wachsen", insbesondere, wenn es um Unfälle geht, bei denen man an gutes Essen kommen kann.

1: Was vorausging

Man nennt mich Ghost Cat, das heißt Geisterkatze, und das bedeutet, dass ich für die meisten Menschen unsichtbar bin. Nur äußerst sensible oder paranormale Menschen erkennen meine Aura und sehen meine Umrisse wie eine Gestalt im dicksten Nebel.

Der Grund, warum ich noch einmal zurückgekommen bin in diese Welt, die leider auch von vielen dummen und brutalen Menschen bevölkert wird, ist, dass ich meinen Mörder, der meinem vorigen Leben ein frühes Ende setzte, bestrafen will.

Im jugendlichen Alter von drei Jahren hatte ich den Fehler begangen, das Grundstück dieses Psychopathen zu betreten. Er sah mich, als ich auf dem Ast seines Apfelbaumes herum kraxelte.

Ich war etwas oberhalb seiner Kopfhöhe, und er konnte mich mit seiner rechten Faust am Schwanz packen. Er riss mich herunter und schleuderte mich zu Boden. Dann zertrat er mit seinem rechten Fuß meinen kleinen Schädel. Mein Kopf wurde zertrümmert und meine Gehirnmasse spritzte auf den schwarzen Ackerboden. Nur mit einem hatte der Mörder nicht gerechnet! Er war bei der Tat gesehen worden. Rechts von seinem Garten gab es einen Pachtgarten, der von einem älteren Herrn gepflegt wurde. Dieser hatte in seinem Garten gearbeitet, und den Mörder beobachtet, mit dem er schon öfters in Streit geraten war, da er sowohl zu Tieren als auch zu Menschen stets aggressiv war.

Dieser ältere Herr war mit meiner damaligen Katzenhalterin Eva und ihrem Ehemann befreundet. Er verständigte sie sofort, und Eva rief umgehend bei der Polizei an. Sie erschien kurz darauf und durchsuchte das Gelände. Doch der Mörder hatte mich schon verscharrt, und sie fanden meine Leiche nicht.

Eva und Tom vergossen Tausende von Tränen. Die Polizei reichte die Anzeige an das Gericht weiter. Es gab eine Verhandlung und der Katzenmörder wurde schuldig gesprochen, da der ältere Herr als Zeuge auftrat. Er musste 1000 DM Strafe bezahlen.

Nochmals 1000 DM zahlte er für die Falschaussage des Freundes seiner Tochter, den er dazu angestiftet hatte. Aber das machte mich nicht mehr lebendig und half auch nicht dem Schmerz von Eva und Tom, welche nach dem Gerichtsurteil von dem Psychopathen terrorisiert wurden. Mitten in der Nacht wurden tote Tiere über die Eingangstüre geworfen. Es waren Ratten, Hühner oder Singvögel, denen er den Kopf, die Flügel oder Beine abgehackt hatte. Er musste die Tat erst kurz zuvor begangen haben, denn riesige Blutlachen auf den Bodenplatten erwarteten Eva und Tom beim Gang zum Briefkasten, als sie am Morgen die Tageszeitung herausholen wollten.

Das war das Vergnügen eines Jägers und Mörders! *

* Derselben Quelle entspringt die Jagdleidenschaft und die Grausamkeit der Massen. Die Masse, die ein wehrloses Opfer langsam zu Tode quält, gibt den Beweis feiger Grausamkeit; für den Philosophen aber ist sie in hohem Maße mit der Grausamkeit der Jäger verwandt, die dutzendweise zusammenkommen, um mit Vergnügen zu sehen, dass ihre Hunde einem unglücklichen Hirsch den Bauch aufreißen.
Aus dem Buch: „Psychologie der Massen" von Gustave Le Bon

Aber damit waren die Schikanen nicht zu Ende. Er verfügte über ein nahezu unermessliches Arsenal an Gemeinheiten.

Dem Besitzer des Pachtgartens des älteren Herrn, der vor Gericht als Zeuge auftrat, berichtete er, dass die Zaunpfosten allesamt falsch gesetzt waren und ihm noch 20 bis 30 cm mehr Land gehören würde. Er müsste den Grund und Boden neu vermessen lassen und dann den Zaun versetzen. Er könnte sich allerdings diese Kosten und Mühen ersparen, wenn er ihm das Grundstück verkaufen würde. Der Besitzer saß in der Bredouille und ging den Weg des geringsten Widerstandes. Er verkaufte ihm den Garten. Daraufhin bekam der ältere Herr sofort eine Kündigung und der Katzenmörder sagte, dass er innerhalb von drei Tagen seinen Taubenstall abbrechen solle, sonst werde er jeder einzelnen Taube den Hals umdrehen. Total aufgelöst kam der ältere Herr zu Eva und Tom und berichtete, was sich zugetragen hatte. Da Eva und Tom der Garten neben dem Pachtgarten gehörte, kamen sie ihm gleich zu Hilfe und sagten zu, dass er seine Tauben sofort in Ihren Garten bringen könnte und sich dort einen neuen Taubenstall bauen dürfe. Damit alles rechtens war, gingen die beiden am nächsten oder übernächsten Tag auf das Bauordnungsamt und ließen den Bau genehmigen. Dem älteren Herrn und seiner Frau fiel eine Last vom Herzen. Mit der Zeit freundeten sie sich miteinander an, und des öfteren wurde ein gemeinsamer Kaffeeklatsch oder ein Geburtstag gefeiert. Seine Frau Emi war eine begnadete Konditorin und brachte oft einen selbstgebackenen Kuchen mit, der besser schmeckte als aus dem besten Café.

Doch nun hatten Eva und Tom den Satan direkt an der Grenze. Er begann das "Zaunspiel" wie zuvor und behauptete, dass die Pfosten falsch säßen. Doch Eva und Tom ließen sich nicht ins Bockshorn jagen und gingen zum Rechtsanwalt. Dieser klagte bei Gericht gegen dieses Ansinnen und ließ die Grundstücksgrenze von einem Vermessungsingenieur nachmessen. Das Gericht entschied, dass die Zaunpfosten so sitzen bleiben durften, denn drei Zentimeter die im vorderen Teil bei Eva und Tom fehlten, wurden im hinteren Teil wieder ausgeglichen. Das Vermessungsamt ließ zwei Grenzsteine setzen, einen im vorderen und einen im hinteren Teil. Eva und Tom fotografierten sie für alle Fälle! Es waren noch keine drei Wochen vergangen, als der vordere Grenzstein fehlte, wahrscheinlich war er bei Nacht ausgegraben worden. Als einmal seine Tochter und ihr Ehemann im Garten zu Besuch waren, schrie der Katzenmörder laut herum, dass die Nachbarn das gemacht hätten. Doch diese wiesen den Vorwurf von sich und sagten, er könne das Grundstück nochmals auf seine Kosten einmessen lassen. Dann war Ruhe!

Den netten älteren Herrn, der vor Gericht als Zeuge aufgetreten war, hatte er besonders auf dem Kieker. Er beobachtete ihn Tag und Nacht. Einmal sah er, dass er zwei bis drei Gläser Wein im Garten getrunken hatte. Er hatte einen Jagdkollegen, der bei der Polizei arbeitete, und der ihm gerne einen Gefallen tat. Diesen rief er an und der Polizist kam eilends zum Grundstück gefahren, versteckte sich hinter einem Gebüsch in der Nähe und wartete, bis der ältere Herr mit seinem Auto losfuhr. Dann kontrollierte er ihn, führte einen Atemalkoholtest durch und ließ einen Arzt zur Dienststelle kommen, welcher eine Blutprobe nahm. Die Blutprobe war positiv, und der älterer Herr musste seinen Führerschein für sechs Monate abgeben. Nun fuhr er mit dem Rad zum Garten, was ein Plus für seine Gesundheit und Mobilität war.

Doch weitere tausend Schikanen gab es für ihn sowie Eva und Tom. Sie sind so zahlreich, dass allein eine ausführliche Beschreibung dieser Taten ein Buch füllen würde, das dicker als die Bibel wäre....

Eva und Tom haben mir über die Taten des Psychopathen schon einiges erzählt, und ich habe immer sehr gut zugehört, wenn Freunde oder Bekannte zu Besuch kamen und sich nach den neuesten Missetaten des Nachbarn erkundigten. Ein paar wenige muss ich deshalb noch preisgeben, denn oft haben seltsame Zufälle mitgespielt:

Vor einigen Jahren, ich war damals noch nicht bei Eva und Tom, fuhren sie mit dem Auto in die schöne Pfalz, machten eine Wanderung und kehrten später in einem Pfälzer Restaurant mit einem wunderschönen großen Biergarten ein. Das Lokal war so gut besucht, dass die Bedienung beide zu einem großen Tisch brachte und die anderen Gäste fragte, ob sich dieses Paar zu ihnen setzen dürfte. Die Gäste, die dem Dialekt nach aus Karlsruhe kamen, sagten gerne.

Im Gespräch stellte sich heraus, dass das eine Paar und die Eltern der Frau früher in Beef Home City gewohnt hatten und besagten Nachbarn leider äußerst gut kannten. Die Frau war sogar in derselben Schulklasse gewesen wie der Nachbar. Er hatte die gesamte Klasse und die unterrichtenden Lehrer terrorisiert. Die Frau berichtete, dass sie immer sehr Angst gehabt hatte, wenn die Schule aus war, und sich oft noch versteckt hatte, bis der aggressive Kerl verschwunden war. So war es allen Mitschülern dieser Klasse gegangen und selbst an Schülern einer höheren Klassenstufe hatte er seine Brutalität ausgelassen.

Sie berichtete weiter, dass er im Alter von etwa 20 bis 25 Jahren seine eigene Mutter auf der Straße geschlagen hatte, weil sie seinem Bruder ein Grundstück überschrieben hatte und ihm nichts. Das Verhältnis in der Familie wurde so zerrüttet, das Mutter und Bruder in eine ferne Stadt zogen.

Es kam noch ein seltsames Ereignis zur Sprache, das sich auf der Pferdeweide neben Evas und Toms Grundstück ereignet hatte. Ein Pferd lag auf dem Rücken und streckte die Beine nach oben. Als Eva diese missliche

Lage des Pferdes entdeckte, rief sie sofort den Besitzer des Pferdes an, der zufälligerweise der Vater dieser Frau war. Er erschien sogleich mit einem Tierarzt auf der Weide. Er untersuchte das Pferd. Der Arzt sah die vielen vergorenen Birnen auf dem Boden liegen. Er zog das Augenlid hoch und blickte ins Auge des Pferdes. Sofort konnte er eine Diagnose treffen: stockbesoffen!!! So hatte Eva eventuell dem Tier den Tod erspart.

Der Ehemann der Frau konnte noch eine Anekdote hinzufügen, denn er wusste von seinen Bekannten, dass der Psychopath auch Häuser und Wohnungen vermietete. Als ein Mieter der Mieterhöhung nicht zustimmen wollte, ließ er einen LKW voller Schotter vor die Eingangstüre des Hauses fahren und die Ladung abkippen. So konnte der Mieter sein Haus nicht mehr über die Eingangstüre verlassen und betreten. Wie die Geschichte ausging, wusste er leider nicht. Vielleicht musste der Mieter über das Fenster ins Freie kraxeln, oder er hat die Polizei informiert.

Diese unzähligen Tatsachenberichte ließen mich zu der Einsicht kommen, dass man Menschen in drei Klassen einteilen kann: die Guten, die Bösen und die graue Masse, welche den größten Teil ausmacht und sich für sehr wenig interessiert. Es zählen nur ihre eigenen Interessen. Mit Eva und Tom habe ich empfindsame Menschen gefunden, welche sich um die Sorgen von Menschen und Tieren kümmern. Sie stehen ihnen in schlechten Zeiten bei und in den guten Zeiten freuen sie sich gemeinsam darüber. Sie sind positiv und kontaktfreudig und gehören zu den vom Aussterben betroffenen Menschen, die noch herzhaft lachen können. Seit ich mein Leben bei ihnen verbringe geschah alles aus Sympathie, aus der später Liebe wurde.

2: Mein neues Leben

Nach meinem Tod flog meine kleine Katzenseele immer schneller einem riesigen leuchtenden Lichtball entgegen. Mir war schrecklich kalt gewesen, aber nun wärmte mich dieses wundersame Licht.

Endlich war ich im Katzenhimmel angekommen und konnte mich auf einer zarten Wolke ausruhen. Ein Mann kam zu mir und gab mir ein Schälchen mit Wasser und ein Schälchen mit Katzenfutter. Er sagte mir, dass ich mich ausruhen und darüber nachdenken solle, ob ich im Katzenhimmel bleiben oder ein weiteres meiner sieben Leben auf der Erde verbringen wolle. Ebenfalls gab er mir den Rat, mich mit einer Person meines Vertrauens zu beraten. Ich bat ihn, dass er Bastet, die Katzengöttin, als meine Ratgeberin kommen lassen solle. Danach ließ ich es mir schmecken, wurde sehr müde und schlief ein. Als ich wieder aufwachte, stand Bastet vor mir. Sie lächelte mich an und sagte: "Ich weiß, dass du in deinem Leben schreckliche Dinge hast erleben müssen. Ich verspreche dir , wenn du dich für ein weiteres Leben auf der Erde entscheidest, wird es schöner werden. Hast du schon darüber nachgedacht und bist zu einer Entscheidung gekommen?"

"Ja, ich möchte noch einmal leben. Doch ich möchte keine normale Katze sein, sondern eine Geisterkatze, welche von den Menschen nicht gesehen wird, außer von sehr sensiblen Katzenfreunden." "Ein äußerst seltener Wunsch", sagte Bastet, "warum möchtest du unsichtbar sein?" "Ich möchte meinen Mörder bestrafen, der mir, Eva und Tom, meinen lieben Katzenfreunden, soviel Böses angetan hat."

"Das verstehe ich", sagte Bastet, "obwohl dein Wunsch ungewöhnlich ist, werde ich ihn dir erfüllen.

Schon einmal haben mich zwei Menschen als Ratgeber angefordert, die ihr nächstes Leben tags als Menschen und nachts als Katzen leben wollten. Damals habe ich Ihnen ebenfalls ihren Wunsch erfüllt, und sie hatten ein ganz fantastisches Leben."***

"Adieu, lieber Ghost Cat, die Rache sei dein und lass den, der Wind sät, Sturm ernten!"

***Kim Walter:Transformer, Science Fiction
Katzenkrimi, 160 Seiten, Verlag Twentysix

Anscheinend war ich wieder eingeschlafen. Als ich aufwachte, wusste ich zunächst nicht, wo ich bin. Mir war schwindelig, und ich hatte das Gefühl, mich hätte jemand in Trance versetzt. Ich blinzelte und sog den Geruch meiner Umgebung ein. Die Luft roch nach einem Nadelbaum, und ich erkannte meinen alten Lieblingsplatz unter der großen runden Eibe. Ich stand auf und lief zum Vogelbecken, das einen Meter von ihm entfernt war.

Ich trank eine große Menge Wasser und fühlte mich danach viel wohler. Drei Meter von der Eibe und dem Vogelbecken entfernt lag der Wintergarten, den ich in meinem früheren Leben so sehr geliebt hatte.

Ich schaute hoch zum Wintergarten und suchte Eva und Tom. Anscheinend waren sie nicht zu Hause, denn nichts bewegte sich im Haus. Ich hörte auch keinerlei Geräusche aus anderen Räumen. Aber dann fiel mir wieder alles ein. Bastet hatte mir ein weiteres Leben geschenkt, nur war ich unsichtbar geworden, das heißt, dass mich Eva und Tom und alle andere Menschen und Tiere nicht mehr sehen konnten. Ich hatte diesen Wunsch im Gespräch mit Bastet ausgesprochen, um meinen Mörder zu bestrafen. Erneut legte ich mich auf meinen Lieblingsplatz unter der alten Eibe. Ich musste mir einen Plan zurechtlegen, wie ich dem Mörder beikommen konnte. Denn auch, wenn er mich nicht sah, konnte er mir gefährlich werden. Denn wieder war ich nicht unsterblich. Vielleicht hätte ich mir das auch noch wünschen sollen. Doch ob mir dies Bastet gewährt hätte, wusste ich nicht. So wie man ein Haus baut, indem man einen Stein auf den anderen setzt, entstand in meinem Kopf der Plan meiner Rache. Ich wollte mit kleinen Streichen beginnen, die ich langsam steigern wollte. Ich nahm mir vor, das Objekt meiner Begierde genauestens zu beobachten, denn nur wer die Schwächen seines Gegners kennt, kann ihm schaden. Ich ging in den langen Garten und versteckte mich unter einer weiteren großen Eibe. Ich hörte ein lautes Motorengeräusch, das sich näherte. Der Mörder kam mit seinem fahrbaren Rasenmäher angefahren. Wieder einmal lud er Grasschnitt ab, den er an seiner Grundstücksgrenze direkt neben der Garage von Eva und Tom aufhäufte, um sie mit dem Gestank und dem hässlichen Anblick zu schikanieren. „Hier wäre ein guter Platz für seinen toten Körper!", dachte ich.

Ich musste mich erst daran gewöhnen, dass ich unsichtbar war.

Es war ein seltsames Gefühl meinem Mörder gegenüberzustehen, ohne dass er mich sehen konnte. Zunächst blieb ich in der Sicherheit des Grundstücks von Eva und Tom.

Gerade leerte er den schweren Grasfangsack des fahrbaren Rasenmähers aus, als ich den Zaun entlang spazierte, bis ich zu einem Loch kam, durch das ich auf sein Grundstück schlüpfen konnte. Während er sich bückte und die letzten Grasreste herausschüttelte, fuhr ich ihm mit meiner Krallentatze über seine Hand. Ich hatte meine Krallen tief in die Haut eingegraben und das Blut floss in Strömen auf die Erde.

Er fluchte fürchterlich und suchte den Grund für seine Verletzung. Den fand er natürlich nicht, denn schon war ich wieder zu der Zaunöffnung gelaufen und auf sicheres Terrain zurückgekehrt. Der Mörder ging ins Haus und suchte Verbandsmaterial. Dies war nur ein kleiner Sieg, aber es machte mir Spaß den Kerl so wütend zu sehen.

Ich ging zurück zum Wintergarten. Eva und Tom waren zurückgekommen, Eva ging gerade die Treppe vom Wintergarten zum Garten hinunter. Mein kleines Herz hüpfte vor Freude. Ich näherte mich ihr und strich um ihre Beine. Da fiel mir ein, dass natürlich auch sie mich nicht sehen konnte. Doch da geschah etwas Seltsames: sie bückte sich und streichelte mich. Konnte sie mich doch sehen oder spürte sie meine Anwesenheit? Ich war äußerst verblüfft!

Sie ging die Treppe wieder hoch, ließ die Türe offen stehen und rief: "Pedro, komm mit mir, ich bereite dir dein geliebtes Thunfischmenü zu." Ich folgte ihr in die Küche. An der Spüle stand Tom und wusch das Mittagsgeschirr ab. Er fragte Eva: "Mit wem sprichst du denn?" Eva antwortete: "Unser geliebter Pedro ist zurückgekehrt. Aber er ist unsichtbar, man kann ihn nicht sehen, aber fühlen. Wenn du dich auf seine Aura konzentrierst, kannst du vielleicht sogar seinen Umriss oder glitzernde Farben sehen." Tom schaute Eva ungläubig an, aber dann bückte er sich und streichelte mich ebenfalls.

"Ein Wunder ist geschehen!", sagte Tom und beide führten einen Freudentanz auf, während ich mich auf mein Feinschmeckermenü stürzte.

Ich kann niemandem sagen, wie glücklich ich war, dass ich meine alten Freunde wieder gefunden hatte. Nicht ein Stein fiel mir vom Herzen, es war ein ganzer Steinbruch. Ich hatte befürchtet, dass ich wie in meinem vorigen Leben viele Häuser und Menschen aufsuchen musste, bis ich die Richtigen fand. Damals hatten mich Menschen mit kaltem Wasser übergossen, mir Holzprügel hinterher geworfen, mich beschimpft und mich verfolgt.

Eva und Tom kannten meine Gewohnheiten und Vorlieben bezüglich meiner Nahrung und erfüllten mir fast alle Wünsche. So durfte ich fast immer im Wintergarten auf meinem Sessel schlafen, außer die beiden hatten einen Termin. Dann weckten sie mich liebevoll, und versüßten mir den Abschied mit einer Scheibe gekochten Schinkens.

Abends blieb ich meist noch etwas auf meinem Sessel im Wintergarten liegen, denn wenn sie Fernsehen schauten, war es mir zu laut. Lieber hatte ich meine Ruhe und fünf Grad weniger im Wintergarten als im schönen warmen Wohnzimmer zu sitzen, denn mein Pelzmäntelchen gab mir genügend Wärme. Außerdem wollte ich als geborener Naturbursche nicht verzärtelt werden. Wenn sie zwischen 23 Uhr und 24 Uhr zu Bett gingen, ging ich mit ihnen die Treppe hoch, aber ich schlief nicht wie früher im Schlafzimmer, sondern hatte mir Evas Bürostuhl auserkoren. Der war warm und bequem, und ich konnte auf den Schreibtisch schauen. Meist lagen dort mehrere Seiten für das Manuskript eines neuen Buches. Mit meinen besonders guten Augen, die eine Art Restlichtverstärker hatten, konnte ich bei oder kurz vor und nach Vollmond die Seiten ohne Licht lesen. Da ich schon im Wintergarten geschlafen hatte, war das Lesen eine gute Beschäftigung um wieder müde zu werden.

Gleich nach meiner Wiedergeburt hatte ich zunächst in einem Katzentransportkorb geschlafen, der wegen des Besuchs des Tierarztes angeschafft worden war. Dieser wunderschöne türkisblaue Korb war mir allerdings durch das gute Essen nach einiger Zeit zu eng geworden, so dass ich mich nach einer anderen Schlafstätte hatte umschauen müssen.

Glücklicherweise ist mein Tierarzt ebenfalls ein Gourmet. Nachdem er mich gewogen und mein Mehrgewicht seit dem ersten Besuch verkündet hatte, nahm er mich gleich in Schutz und antwortete auf die Frage von Eva, ob ich zu dick sei, mit dem Satz: "Nein, nein, im Winter ist das Fell immer etwas dichter. Sie brauchen ihn nicht auf Schmalhanskost setzen!"

Ich war sehr erleichtert und werde ihm diesen Spruch ewig danken!

3: Meine Streiche

Heute morgen hatte ich alle mir bekannten Mäuselöcher auf der Pferdeweide abgeklappert, aber nicht das geringste Spitzmäuslein fangen können. Ich hatte etwas anderes über die Wiese gezogen, es durch das Loch im Zaun gedrückt und unter meine Eibe gezogen, unter der ich gerne lag, nachdachte und den Katzenmörder beobachtete. Ich hatte eine schöne fette Ratte gefangen. Was konnte ich mit ihr anfangen?
Mir fiel ein , dass er jeden Morgen mit seinem alten heruntergekommenen Mercedes zum Bäcker fuhr und Brötchen einkaufte. Er fuhr stets zu einer anderen Uhrzeit weg, weil ihm einmal ein Nachbar, den er andauernd schikanierte, hinterhergefahren war.
Während er fort war, durften seine Frau und ihre Betreuerin die Rollläden im Haus nicht nach oben ziehen, denn sonst wäre bemerkt worden, wann er fortfuhr.

Nachdem er vom Bäcker zurück war, ließ er die Garage den ganzen Tag offen stehen, dass die Anwohner der Straße seine "Luxuskarosse" bewundern konnten. Das kam meinem Plan sehr entgegen. Ich wartete bis zur Dämmerung, da waren kaum mehr Leute in Beef Home City unterwegs. Dann schleppte ich die Ratte, die ich am Morgen gefangen hatte, zur Garage und drückte sie mit meiner muskulösen Pfote in den Auspuff des Mercedes. Ich drückte, was das Zeug hielt, bis sie ganz tief drinnen und nicht mehr zu sehen war.

Dann ging ich zu Eva und Tom und ließ mich fürstlich bewirten, hatte ich doch ordentlich Kraft verbraucht.

Am nächsten Morgen verließ ich meinen bequemen Schlafplatz etwas früher. Ich legte mich im Eingangsbereich auf die Lauer um den Katzenmörder zu beobachten. Es war genau 7.30 Uhr, als er die Garage aufschloss, und sie öffnete.

Dann stieg er in die Karosse und betätigte den Anlasser. Man hörte ein kurzes Husten des Motors, dann war es wieder still. Er versuchte es noch ein Dutzend Mal, doch das Auto sprang nicht an.

Die nächsten drei Tage wurde dieses Schauspiel wiederholt, am vierten Tag kam der Abschleppdienst der Mercedeswerkstätte und lud das Auto auf den Hänger.

Als ich mir vorstellte, welches Gesicht der Werkstattmeister machen würde, wenn er die tote eingeklemmte Ratte fand, grinste ich über das ganze Gesicht.

Dieser kleine „Streich" würde ihn mit Sicherheit 500 € oder mehr kosten. Wenn er Geld verlor, sei es, dass er wieder einmal einen Prozess gegen Eva und Tom verloren hatte, und Prozesskosten oder Strafe zahlen musste, oder sonstige unerwartete Ausgaben hatte, wurde er total wütend und fuchsteufelswild. Das machte mich glücklich!

Die nächste Rache sollte noch etwas mehr schmerzen! Aber ich konnte mir Zeit lassen, hatte mir Bastet doch ein neues Leben geschenkt, und ich war erst ganz am Anfang!

Nach einigen Tagen hatte ich mich daran gewöhnt unsichtbar zu sein. Am Anfang hatte ich immer noch die Befürchtung, dass mich die Menschen doch sehen konnten.

Dadurch wurde ich mutiger und traute mich sogar ins Haus meines Mörders. Seine Ehefrau war etwas dement und hatte eine polnische Pflegerin. Diese hatte den Frühstückstisch gerichtet. Kaffee, Milch, Orangensaft, Brötchen, Wurst, Käse und Marmelade standen auf dem Tisch. Die Alte saß davor und wartete auf ihren Mann, der noch im Bad war. Die Pflegerin war zum Briefkasten gegangen, um die Zeitung herein zu holen. Die Gelegenheit war günstig! Ich sprang auf den Tisch, warf die Kaffeekanne um und die Milch, verwüstete die Wurstplatte und warf das Honig- und das Marmeladengefäß auf den Steinboden der Küche, so dass diese in tausend Scherben zerbrachen und die Marmelade und der Honig den Boden in eine Schlittschuhbahn verwandelte.

Fast gleichzeitig kam der Alte und die Pflegerin in die Küche und rutschten aus. "Was hast du jetzt schon wieder angestellt, du dumme Kuh!" schrie der Mann. Die Pflegerin saß noch immer auf dem Boden und massierte ihren verstauchten. Knöchel. Die Alte saß ungerührt auf ihrem Stuhl am Tisch. Sie sagte: "Das Chaos hat die Pflegerin angerichtet, sie will es mir nur in die Schuhe schieben, um sich bei dir lieb Kind zu machen.

Diese polnische Nutte will dich mir wegnehmen!" Daraufhin erhob sich die Pflegerin und schrie: "Ihr zwei Alten seid komplett verrückt. Ich kündige noch heute und zwar auf der Stelle. Ich rufe mir ein Taxi. Ihr könnt euch einen Betreuer aus dem Irrenhaus holen!" Daraufhin ging sie zur Küche hinaus und in ihr Zimmer, wo sie hastig ihre Kleider in den Koffer warf.

Ich hatte genug gehört und gesehen. Schmunzelnd ging ich zurück zu Eva und Tom, wo ich nach dem Frühstück auf meinen Sessel sprang und schlief. Äußerst lustig fand ich, dass Eva zu Tom sagte: "Schau mal Pedros kleines Gesichtchen an! Es sieht aus als würde er grinsen!"

Die Pflegerin stand samt ihres Koffers vor der Garage des Nachbarn. Tom, der gerade die Zeitung aus dem Briefkasten holen wollte, sah sie und fragte: „Geht es schon wieder zurück in die Heimat? Sind drei Monate um?"

Die Pflegekraft näherte sich Tom und berichtete im Flüsterton, was sich ereignet hatte. Er beruhigte sie und sprach ihr Mut zu. Außerdem berichtete er von dem Katzenmord. Sie sagte: „Das berichtete ich meiner polnischen Vermittlungsagentur. Dann wird nicht eine einzige Pflegerin jemals wieder zu den verrückten Alten kommen, und der alte Geizhals kann für eine deutsche Pflegekraft das doppelte Geld hinlegen!"

Schon im Januar gab es einzelne Tage, an denen der Himmel klar war, und die Sonne schien. Dann war der Wintergarten von Eva und Tom ein kleines Paradies, denn er fing die Sonne ein und ließ mich müde werden. Ich hatte die schönsten Träume. Im Februar gab es noch mehr sonnige Tage, und ich konnte das Leben mehr genießen als im November und Dezember.

Bei Sonnentagen machte ich, falls kein Schnee lag, kleine Ausflüge. Einer führte mich ins nächste Nachbardorf. Mir kam eine Gruppe von verkleideten Kindern entgegen, die zwei erwachsene Begleiter hatten. Die Kinder waren recht ausgelassen und rannten auf mich zu. Sie waren als Indianer, Sheriff und Horrorgestalten verkleidet. Einer der Jungs zog mich am Schwanz, ein anderer zog mich am Genick hoch und schleuderte mich weg. Die Erwachsenen, welche die Kindergruppe führten, ermahnten sie nicht und kamen mir nicht zu Hilfe. Der nächste Junge rannte auf mich zu, packte mich wieder am Genick und wollte mich erneut in den Graben werfen. Doch ich konnte mich drehen und zerkratzte ihm die Hand, bevor ich durch die Lüfte flog. Während ich dort meine Knochen richtete, hörte ich ein lautes Schreien und Weinen. Der kleine Mistkerl jammerte ohne Ende. Eine der Aufsichtspersonen eilte zu ihm und versuchte ihn zu trösten. Ich griff mit meiner Pfote an meine Stirn und sagte zu mir: "Die Menschen sind verrückt geworden!

Früher hätte ein solch böser Junge eine ordentliche Tracht Prügel bekommen, und dies wäre für ihn eine Lehre für sein Leben gewesen.

Glücklicherweise haben wir Katzen noch andere Erziehungsmethoden!"

Nun wusste ich, welche Gruppen ich meiden musste, und ich dankte der Katzengöttin Bastet, dass sie mich so liebe Menschen wie Eva und Tom hatte finden lassen. Sie hatten glücklicherweise keine Kinder, die mich hätten quälen können. Nachdem ich einige Monate bei ihnen war, behandelten sie mich wie ihren Sohn!

Ich hatte den Katzenmörder lange genug beobachtet, um seine täglichen Gewohnheiten inzwischen genau zu kennen. Gegen acht Uhr raste er jeden Morgen zum Bäcker und kam mit einer Riesentüte gefüllt mit Backwaren zurück. Vor dem Mittagessen ging er stets zu den Hühnerställen, putzte dort und gab ihnen Futter. Bevor er ins Haus ging, besuchte er stets seine Gartenhütte. Was er darin trieb, entdeckte ich nicht, da er stets die Türe sofort zuzog. Ich sah aber noch etwas anderes: einen uralten Apfelbaum, dessen Äste Richtung Hütte wuchsen. Sie sahen sehr morsch aus, und ich vermutete, dass der Baum oder wenigstens Teile davon noch in diesem Winter abbrechen würden. Als ich eines Morgens auf meinem Beobachtungsposten im Büro saß, sah ich wie der Katzenmörder sein Auto mit leeren Flaschenkisten belud. Ich wusste, was das bedeutete, denn einmal in der Woche fuhr er zum Einkaufsmarkt und holte den Wochenbedarf an Lebensmitteln. Jetzt kam meine Stunde! Ich ging nach unten und miaute, damit mich Eva ins Freie entließ. Ich lief zu dem Loch im Zaun und quetschte mich hindurch. Dann kletterte ich den Baum hoch und sprang solange auf dem Ast herum, bis er krächzte. Das konnte ich nur heute machen, wenn er eine Stunde außer Haus war. Die Geräusche hätten ihn nämlich auf mich aufmerksam gemacht, selbst wenn er mich nicht sehen konnte. Er hätte sich hundertprozentig gefragt, woher die Geräusche kämen und eventuell wild in die Luft geschossen. Nachdem ich merkte, dass der Ast richtig angezählt war, kletterte ich wieder herunter, miaute vor der Wintergartentüre, bis mich Eva herein ließ, knabberte ein wenig an der Hartnahrung und kehrte anschließend auf meinen Beobachtungsposten im Büro zurück. Tatsächlich kam er nach etwa einer Stunde zurück. Nachdem er alle Vorräte ins Haus geschleppt hatte, machte er seine üblichen Rundgänge: Hühnerställe und Gartenhütte. Heute ließ sich das Schloss schlecht öffnen, er rüttelte an der Türe, die Gartenhütte kam an die Äste und der von mir bearbeitete große Ast ließ einen lauten Schlag hören und krachte ihm auf den Kopf. Er ließ 1000 Flüche hören. Er rieb sich den Kopf und rannte zum Haus, da ihm anscheinend durch eine Platzwunde das Blut ins Gesicht lief. "Ob mir Bastet für diesen Einfall ein kleines Lob geben würde?" fragte ich mich.

.

Ich bemerkte, dass so langsam die Kirschen rot wurden. Der Katzenmörder hatte einen mittelgroßen Kirschenbaum, denn er und seine Frau aßen sie sehr gerne. Doch die Pflegerin durfte davon nichts naschen. Die Kirschen waren nur für sie, ihre Kinder und Enkelkinder. Ich wartete ein paar Tage bis sie reif waren, dann kletterte ich den Kirschenbaum hoch. Darin war ich geübt, denn ich hatte sehr muskulöse Pfoten und scharfe Krallen. Nun begann ich mit einer zeitaufwendigen Arbeit: mit meinen spitzen Zähnen biss ich ein Loch in jede Kirsche, so dass es aussah, als hätte ein Schwarm Stare alle angepickt. Ich musste in sehr viele Kirschen beißen und der säuerliche Geschmack gefiel mir gar nicht. Ich kletterte hinauf und hinunter bis die letzte Kirsche „verziert" war. Meine Belohnung kam vier Tage später, als der Alte die Kirschen ernten wollte. Er sah die Löcher in den Kirschen, stampfte mit dem Fuß auf den Boden, fluchte und rannte ins Haus. Nach wenigen Minuten kam er mit einem Gewehr zurück und schoss auf alle Vögel, die in der Nähe waren. Ich verzog mich schnellstens unter die Eibe, damit ich nicht noch einen Streifschuss abbekam.
Doch zum Glück verfehlte er die Vögel, obwohl er in Besitz einer Jagderlaubnis war. Die Krähen, die auf der Pferdeweide saßen, fingen durch die Schüsse laut zu krächzen an und eine Krähe machte solche Geräusche, dass es wie Gelächter klang.
Ich genoss das wutverzerrte Gesicht des Katzenmörders.

Eine Woche später lag ich gerade unter der rechtecki-
gen Eibe, als mich ein lautes Motorengeräusch weckte.
Der Alte hatte eine benzinbetriebene Egge in der Hand
und grub mit ihr das Feld um. Danach nahm er einen
Rechen in die Hand und ebnete die Erde, so dass sie
topfeben war. Ich erinnerte mich, dass er dies jedes
Jahr im Spätsommer gemacht hatte um Ackersalat an-
zupflanzen. "Streng dich nur schön an,"dachte ich, "ich
werde dir deine Salatsuppe versalzen!"
Ich wartete drei Wochen bis die Pflanzen erntereif waren, dann stieg ich hinüber und bespritzte sie jeden
Tag mit meinem scharfen Urin. Innerhalb von drei Tagen waren sämtliche Pflanzen abgestorben.
Als der Alte zum Ernten in den Garten ging und die
braunen Pflänzchen sah, bekam er einen solchen Tob-
suchtsanfall, dass sein Kopf puterrot wurde. Er schrie
so laut herum, dass er Atembeschwerden bekam und
seine Frau den Hausarzt anrufen musste. Dieser gab
ihm eine äußerst starke Beruhigungsspritze, so dass er
zwei Tage schachmatt gesetzt war und das Haus nicht
verließ.
Ich hatte zwei herrliche Tage mit himmlischer Ruhe!
Eva und Tom waren zu einer Geburtstagsparty eingeladen. Sie hatten mir bis 24 Uhr Ausgang gegeben, und
ich war im Garten unterwegs. Als ich zum Nachbarhaus
hinüber blickte, sah ich, dass die Alten anscheinend
vergessen hatten, das Küchenfenster zu schließen. Es
stand sperrangelweit offen. Das war meine Gelegenheit für einen weiteren Streich. Ich schlich mich durch
die Stäbe des Gartentores von Eva und Tom, lief zur
Küche und mit einem eleganten Sprung saß ich auf

dem Sims des Küchenfensters. Ich sprang auf den Küchenboden und ging in den Flur, wo ich das Schlafzimmer der beiden suchte. Es war einfach zu finden, denn die beiden schnarchten, was das Zeug hielt.

Als erstes näherte ich mich dem Bett des Alten, wo ich meine Krallen über den Schlafanzug zog. Ich mache das ganz leise und vorsichtig, dass er nicht aufwachte. Nachdem die Hose in zwei Dutzend Streifen herunter hing, sprang ich aufs Bett und legte mich mit meinem gesamten Körpergewicht, das sich seit meiner Jugendzeit verdoppelt hatte, auf seinen Mund und die Nase. Nach ein paar Minuten bekam der Alte keine Luft mehr. Ich sprang herunter und verließ schnellstens das Haus. Mühsam setzte er die Füße vor das Bett, stand auf und hustete keuchend. Zwischenzeitlich war auch seine Ehefrau aufgewacht und schrie herum: "Was ist denn los? Warum machst du mitten in der Nacht so einen Radau?" Doch der Alte konnte nicht antworten, denn er hustete noch eine Viertelstunde. Vielleicht hatte er noch eine Katzenhaarallergie. Ich war schon Evas und Toms Garageneinfahrt, als ich die Lichter von ihrem Auto sah. Schnell ging ich durch die Gitterstäbe des Tors zur Eingangstreppe des Hauses und wartete auf sie. Kurz darauf erschien Eva. Tom fuhr das Auto in die Garage. Eva streichelte mich und fragte: "Mein lieber Pedro ist ja schon da. Hattest du einen schönen und lustigen Abend?" "Miau, miau, miau", antwortete ich, "das kann man wohl sagen!"

Als ich am nächsten Tag durch den Garten lief, schaute ich auch die Bäume des Nachbarn an. Plötzlich hatte ich das Gefühl ein Blitz wäre in mich eingeschlagen. Ich fing an wie bei Schüttelfrost zu zittern, und die Erkenntnis traf mich hart, dass ich genau vor dem Baum stand, wo mein erstes Leben endete. Von diesem Ast über mir hatte mich der Katzenmörder am Schwanz heruntergezogen und meinen Schädel mit dem Fuß zertreten. Ich ging den Zaun entlang und schlüpfte durch das Loch hinüber. Dann kletterte ich den Stamm hoch und setzte mich genau auf den Ast, wo ich damals gesessen war. Jetzt hatte ich bessere Karten, denn der Baum war zwei Meter höher geworden und hatte schon ein dichtes Blätterwerk, dass er mich nicht sehen konnte. Ich saß etwa eine Stunde auf dem Ast und wartete. Dann kam er in den Garten und ging tatsächlich unter dem Ast durch. Jetzt war eine weitere Stunde der Rache gekommen! Mit Anlauf sprang ich ihm auf die rechte Schulter und malträtierte sein Gesicht mit meinen Krallen.

Schließlich blutete er so stark, dass er nichts mehr sehen konnte, und ich machte mich schleunigst auf den Heimweg. Eva ließ mich herein und brachte mir etwas Gutes zu futtern. Dann ging ich ins erste Obergeschoss und ins Büro. Ich sprang auf den Sims, von wo man das Nachbarhaus beobachten konnte. Nach einer Viertelstunde kam der Alte wieder heraus und hatte einige Pflaster im Gesicht. Vermutlich hatte er die Wunden gesäubert und seinen Hausarzt angerufen. Er suchte den Garten ab und hoffte das Tier zu finden, das ihn derart verletzt hatte. Er hatte eine Lederpeitsche dabei, und ich war froh, nicht mehr in seinem Garten zu sein. Mit Sicherheit hätte er mich wieder ermordet. Nachdem er keine Spuren fand, ging er zurück ins Haus. Als er nach einer Stunde wieder in den Garten kam, hatte er neue Pflaster im Gesicht und eine Binde um den Hals. Seine Frau kam ebenfalls in den Garten und fragte ihn, was der Arzt gesagt habe. Er berichtete ihr, dass er eine Spritze gegen Tollwut bekommen habe, der Arzt ihm aber nicht geglaubt habe, dass er nicht wüsste, welches Tier ihn angefallen habe. Der Arzt hätte sogar gelacht und gesagt: "Vielleicht war es ihre rabiate Frau, und sie wollen es nur nicht zugeben, dass sie stärker ist wie ein Mann. Über diesen Satz hatte er sich derart geärgert, dass er sich einen neuen Arzt suchen wollte. Da begann auch seine Frau zu lachen, und das machte ihn so fuchsteufelswild, dass er sie stehen ließ und in das Haus rannte. Kurz darauf kam er wieder heraus und lief zu den Hühnerställen, wo er seine Wut an den Hühnern ausließ, die er mit Tritten traktierte.

Der Nachbar war gerade beim Mähen seines ein Hektar großen Grundstücks und häufte den Grasschnitt vor Eva und Toms Garage und Zaun auf, um sie zu ärgern, als ich sah, dass er zuvor mit einem Rechen die heruntergefallenen Äpfel um den Stamm des Baumes gezogen hatte. Den Rechen hatte er an den Zaun gelehnt. Ich beobachtete ihn und sah, dass er die Wiese mähte, die am weitesten entfernt war. Flugs stieg ich durch das Loch im Zaun, ging zum Rechen und drückte ihn um. Er fiel in das hohe Gras und man sah ihn nicht mehr.

Kurz darauf kam der Alte mit dem Mäher angerast und wollte das Schnittgut wieder abladen. Doch er sah den umgeworfenen Rechen im Gras nicht und donnerte mit solch einer Geschwindigkeit darüber, dass der Mäher einen Satz machte, das Vorderteil hoch ging, einen Saldo drehte und umfiel. Der Alte machte einige Purzelbäume hintereinander, konnte jedoch wieder aufstehen und hatte sich anscheinend nichts gebrochen. Vor Schreck war sein Gesicht so weiß geworden wie eine Wand. Doch zum Fluchen reichte es noch. Zeternd lief er zum Haus und ließ den Traktor genau an der Stelle liegen, wo er umgefallen war.
Ich ging davon aus, dass er eine Weile im Haus bleiben würde und schlich durch das Loch im Zaun und verpasste dem Sattel des Aufsitzmähers noch ein wunderbares Muster mit meinen scharfen Krallen.
"Was für ein lustiger Tag!", dachte ich, als ich schnur-

rend zu meinem Zuhause bei Eva und Tom lief." Jetzt noch ein feines Mittagessen, dann bin ich glücklich und zufrieden!"

Heute Morgen beobachtete ich gerade den Staatsfeind Nummer 1 von Beef Home City. Ich sah wie er von der Küche auf den Balkon und dann die lange Treppe in den Garten hinunterging. In der Küche war nur die Pflegekraft, die den Tisch mit einigen leckeren Delikatessen belegt hatte. Sie war auf Wunsch des Alten beim Bäcker und Metzger gewesen. In der Mitte des Tisches lag eine große Kalbsleberwurst, die Leibspeise des Alten.

Seine Frau kruschtelte in einem anderen Zimmer herum. Die Pflegekraft war im Moment mit dem Putzen der Radieschen beschäftigt. Da auch noch das Bürofenster offen stand, nutzte ich die Gunst der Stunde und sprang auf den Sims. Danach schlich ich in die Küche. Ganz vorsichtig kletterte ich auf den Stuhl vor dem Tisch und dann auf den Tisch. Ich holte mir die große fette Leberwurst. Da ich die alte Frau kommen hörte, verließ ich mit meiner Wurst im Maul schnellstens den Tatort. Über das Bürofenster sprang ich vor das Haus, drückte mich durch die Gitter des Eingangstores und versteckte mich dann unter der großen Eibe.- Dort ließ ich es mir erst einmal schmecken. Plötzlich hörte ich in der Küche ein riesiges Geschrei und versteckte meine Wurst unter einigen Blättern. Ich musste sehen, was beim Nachbarn los war.

Ich platze vor Neugier. Die Pflegekraft und die Alte rauften miteinander und schrien sich an. Aber noch lauter schrie der Alte, der versuchte die zwei Frauen zu trennen. Jede beschuldigte die andere die Wurst gefressen zu haben. Schließlich gelang es ihm die Frauen zu trennen und jede rannte in eine andere Richtung. Er saß alleine vor dem Abendbrottisch und kaute lustlos an einem Butterbrötchen herum.

Er brummelte in seinen Bart: "Wenn es in diesem Hause so weitergeht, werde ich noch verrückt!"

Ich brauchte drei Tage bis ich die Kalbsleberwurst aufgegessen hatte. Ihre Haut hatte ich nicht angerührt, sie lag wie ein kleines nasses Säckchen vor mir.

Ich überlegte, was man damit anfangen könnte. Es müsste doch möglich sein, den Alten damit noch einmal zu provozieren. Nach dem letzten Streit war er ziemlich sauer gewesen. Mein kleiner Rachefeldzug begann zu wirken. Mein Blick ging in die Ferne und plötzlich wieder in die Nähe. Da ich unter meiner geliebten Eibe lag, ging mein Blick auf den hässlichen Komposthaufen, den er angelegt hatte, um meine beiden Lieblinge zu ärgern. Am Morgen hatte ich von Eva etwas Tolles erfahren. Im Prozess um jenen Schandfleck an der Grenze war der Alte in die zweite Instanz gegangen und hatte verloren. Er war dazu verurteilt worden, die Gerichts- und Anwaltskosten zu zahlen. Da er dies bis zum heutigen Tage nicht gemacht hatte, hatte nun das Gericht einen Gerichtsvollzieher beauftragt und die Kosten beliefen sich auf 1200 Euro. Nicht übel, so viel Geld für einen Misthaufen auszugeben!!!

Ich grinste über das ganze Gesicht und führte die nächste Rache durch.

Schon am Nachmittag ging die Pflegekraft zum Kompost und schüttete Salatabfälle darauf. Sie hatte sich schon umgedreht um wieder ins Haus zu gehen, als sie etwas entdeckt hatte: „Aha!" schrie sie, „jetzt habe ich den Beweis, dass die Alte die Wurst gefressen hat. Mit den Fingerspitzen nahm sie die Kalbsleberwurstpelle mit ins Haus und zeigte sie dem Alten.

Sogleich ging das Geschrei von vorne los und die Alte wollte sich erneut auf die Pflegekraft stürzen. Der Alte schrie: „Nein, hört auf ihr verrückten Weiber!" Doch sie ließen nicht voneinander ab. Da drehte sich der Alte um und rannte wieder einmal zu seinen Hühnern. Da die Alte anfing zu kratzen und beißen, gab ihr die Pflegekraft einen Schwinger, und sie fiel ohnmächtig auf den Küchenboden. Die Pflegekraft rannte hoch in ihre kleine Wohnung, rief ein Taxi und schmiss ihre Kleider in ihre Koffer.

„Das war schon die zweite Pflegekraft, die aus dem heimeligen Zuhause der Alten geflüchtet war!" grinste ich.

Ich kam gerade von meinem kleinen Morgenspaziergang zurück und sah, dass das Bürofenster des Nachbarn wieder offen stand. Anscheinend dachte mein Magen an die Leberwurst, welche ich vor kurzem vom
Frühstückstisch gestohlen hatte, denn er begann zu
knurren. Das kleine Teufelchen in meinem Kopf sta-
chelte mich wieder an. Es sagte: "Sondiere einmal die
Lage, wo welche Personen sind! Wenn die zwei Frauen
alleine sind, kann ein unsichtbarer Kater sicherlich un-
bemerkt in die Küche gehen und sich etwas Schmack-
haftes vom Küchentisch holen! Mit viel Glück sogar
nochmals eine Kalbsleberwurst."
Den Katzenmörder sah ich ganz hinten bei seinen Hühnern und schon sprang ich auf den Fenstersims und
von dort auf den Boden. Ich schlich in die Küche und
sah, dass der Kopf der Alten auf dem Tisch lag und die
Augen geschlossen waren. Sie schlief! Zuerst wusste
ich nicht, wo die neue Pflegerin war, doch dann hörte
ich sie über mir rumoren. Sie war also in ihrer Wohnung. Ein kleiner Sprung und der Schinken und die gefüllte Kalbsbrust waren mein! Es passte gerade noch
alles in mein Maul. Ich nahm mir vor zukünftig Deh-
nungsübungen zu machen, um noch mehr Beute
davontragen zu können. Kleopatra würde bei diesem
Anblick sicherlich jubilieren. Die Kirchturmuhr schlug
gerade 11 Mal, als ich sie durch den Garten Richtung
Wintergartentreppe laufen sah.
Wir frühstückten wie die Fürsten. Kleopatra berichtete,
dass sie den Alten bereits in Beef Home City gesehen
hatte, als sie zu mir unterwegs war. "Weißt du, was er
für heute Abend gekauft hat?" fragte sie mich. Ich

konnte nur raten und kam nicht darauf. Sie sagte: "Er wartete am Fischstand, der nur freitags vor Ort ist. Er kaufte vier riesige Forellenfilets. Zwei sind für seine Ehefrau und die Pflegerin und zwei sind für ihn. Wäre das schön, wenn wir sie ihm wieder abnehmen könnten!" Ich antwortete: "Meine liebste Kleopatra, lass dich überraschen und komm heute Abend gegen 18 Uhr noch einmal zu mir. Vielleicht kann dein Zauberkünstler etwas ausrichten."
Sie versprach es mir.

Ich beobachtete das Nachbarhaus von meinem bekannten Posten. Nichts tat sich, das Küchenlicht war aus, und ich sah niemanden. Keine Ahnung, was die drei taten. Kurz vor 18 Uhr ging ich hinunter zum Wintergarten und kurz darauf kam Kleopatra die Treppe hoch. Verzweifelt und kläglich sagte ich zu ihr: "Meine Liebe, leider kann ich dich nicht mit Forellenfilets erfreuen, denn im Nachbarhaus ist alles dunkel, und ich weiß nicht , was los ist." Doch Kleopatra war lieb und sagte: "Mach dir keine Sorgen, ich habe keinen Hunger, da das Frühstück so üppig gewesen war. Wir könnten ja beide nach oben gehen, und von dort beobachten, was los ist! Es ist völlig untypisch, dass sie nicht wie jeden Abend um diese Uhrzeit am Tisch sitzen und futtern!" "Das ist eine gute Idee", antwortete ich, "das machen wir. Vielleicht ergibt sich doch noch eine Gelegenheit!"

Nach zwei Stunden schlurfte der Alte in einem dunkelbraunen Bademantel und Badeschlappen in die Küche, öffnete den Kühlschrank und legte das Paket mit den Forellenfilets auf den Tisch. Dann ging er noch einmal davon, um sich vielleicht eine Flasche Wein zu holen. Das war meine Gelegenheit, denn das Bürofenster war immer noch offen. Ich sauste nach unten in den Wintergarten und jammerte so sehr, dass Eva aufsprang und mich sofort ins Freie entließ. Ich rannte zum Nachbarhaus, sprang auf den Sims und schlich in die Küche. Da ich sehr aufgeregt war, stieß ich die gläserne Teekanne auf dem Tisch um, und es gab ein lautes klirrender Geräusch. Der Alte musste es auch gehört haben, denn er lief zur Kellertüre. Er öffnete sie und lauschte, ob im Keller jemand wäre. Ich ließ den Fisch auf dem Tisch liegen und sauste zum Keller. Der Alte war schon drei Stufen nach unten gegangen. Jetzt war meine Gelegenheit gekommen. Ich nahm Anlauf und sprang ihm mit aller Gewalt in den Rücken. Das brachte ihn zum Wanken. Ich drehte mich blitzschnell und stieß mich mit den Hinterbeinen von seinem Rücken ab, was ihm einen erneuten Schub nach vorne gab. Ich erreichte den obersten Treppenabsatz und war vollauf glücklich. Mein Kontrahent hatte nicht so viel Glück, denn er polterte die Treppe hinunter. Ich gab der Türe mit meinem linken Hinterfuß noch einen Schubs und zu war sie. Noch voller Adrenalin ging ich in die Küche, sprang auf den Tisch, gab acht auf die vielen Glassplitter, nahm das in Zeitungspapier verpackte Fischfilet in mein Maul und flüchtete über das Fenster zu meiner Geliebten.

Doch bevor es etwas zu essen gab, musste sie sich erst meine Abenteuer anhören. Ihre Ohren wurden immer größer, und sie nannte mich "mein kleiner Sherlock Holmes." Nachdem wir ausführlich gespeist hatten, waren wir beide sehr müde. Kleopatra schaute mich verliebt an und flüsterte mir ins Ohr: "Es regnet draußen sehr stark. Meinst du, Eva würde es erlauben, wenn ich heute bei dir übernachte?" "Bestimmt erlaubt sie es", antwortete ich, "sie ist auch sehr romantisch veranlagt!"

Eine ganze Weile blieben wir auf dem schmalen Sims sitzen und schauten immer mal wieder zum Nachbarhaus hinüber. Die Frau des Alten und die Pflegerin schienen nicht zu Hause zu sein. Vielleicht war die Pflegerin mit ihr ins Krankenhaus gefahren und dort geblieben. Man sah keinerlei Licht mehr im Haus. Wir gingen davon aus, dass der Katzenmörder noch im Keller lag. Schließlich fielen uns die Augen zu. Wir sprangen auf den Boden und auf meinem Bürostuhl. Dort machten wir es uns gemütlich. Doch es war etwas eng. Wahrscheinlich hatten wir in letzter Zeit zu viel geschlemmt. Ich bot Kleopatra an auf dem Boden zu schlafen, so dass sie meinen Stuhl für sich allein hätte. Doch das wollte sie nicht. Sie sah meinen türkisfarbenen Transportkorb und fand ihn sehr romantisch. Sie fragte: "Darin würde ich wahnsinnig gerne eine Nacht schlafen! Darf ich das?" Gerne erlaubte ich ihr dies und gab ihr den Rat, sich ihre Träume zu merken, denn wenn man irgendwo an einem neuen Platz schläft, hat man oft hellseherische Träume.

Wir schliefen beide wunderbar, zwar getrennt und doch zusammen in einem Raum. Als wir am nächsten Morgen aufwachten, erlebten wir die Morgendämmerung und sahen, wie die Sonne mit den Wolken kämpfte, um einige ihrer wärmenden Strahlen auf die Erde zu schicken. Wir sprangen wieder hoch auf den Beobachtungsposten und zweifelten an unserem Verstand. Mit einem riesigen Pflaster auf dem Kopf lief der Alte zur Garage. Er schloss sie auf und fuhr wie üblich zum Bäcker. Kleopatra fragte: "Hat dieser Kerl so wie wir Katzen auch mehrere Leben? Ich hätte niemals gedacht, dass er die Kellertreppe wieder hinauf gehen kann und den Sturz überlebt."

Während der Zeit, in welcher der Alte einkaufen war, wurde auch unsere Frage beantwortet, wo die zwei Frauen gewesen waren, denn ein Krankenwagen brachte sie nach Hause zurück.

Gestern hatte ich wieder einmal eine Inspektion der nahegelegenen Mäuselöcher durchgeführt, und mir den Magen mit drei jungen zarten Mäuschen gefüllt, als mir auf dem Nachhauseweg eine junge Ratte über den Weg lief. Sogleich stürzte ich mich auf sie, musste aber höllisch aufpassen, dass sie mir ihre spitzen Nagezähne nicht in den Hals schlug. Ich packte sie an ihrem Hals, so dass sie nur noch zappeln konnte. Ich biss etwas kräftiger zu, so dass sie fast ohnmächtig wurde und lief mit ihr im Maul zu der Öffnung im Zaun, durch die ich mit ihr hindurch ging. Ich musste sehr vorsichtig sein, dass wir weder hängen blieben, noch dass sie wieder anfing herumzuzappeln. Ich lief in die Richtung meiner geliebten Eibe, als ich dahinter den Steinhaufen liegen sah, auf dem oben ein verrosteter Vogelkäfig stand. Ich kletterte mit der Ratte hinauf und schmiss sie in den Vogelkäfig. Das Tor stand noch offen, und ich musste nur mit meiner Schnauze dagegen drücken, dass es ins Schloss fiel. Hier war die Ratte sicher aufbewahrt und blieb frisch. Denn zwischenzeitlich war mir eine exquisite Idee für einen nächtlichen Streich eingefallen.

Heute Nacht wollte ich ihn ausführen. Auch wenn Eva und Tom betrübt waren, dass ich nicht zu Hause schlief, musste ich gegen 24 Uhr wach und im Freien sein. Doch als ich kurz vor Mitternacht die Fenster im Nachbarhaus kontrollierte, erschrak ich, denn alle Fenster waren zu. Da es die polnische Hilfskraft mit dem Abschließen der Türen als auch der Fenster nicht so genau nahm, hatte ich nur noch eine Chance. Ich ging die lange Treppe vom Garten zum Balkon entlang, von wo eine Türe zur Küche führte, die meistens nur eingerastet, aber nicht verschlossen war. Es war einen Versuch wert! Ich versuchte mit aller Kraft die Türe aufzudrücken und plötzlich gab sie nach, und ich konnte ins Haus gehen. Doch bevor ich das machte, ging ich zurück zur Eibe und zerrte an der Türe des Vogelkäfigs mit meinen Zähnen solange, bis die Käfigtüre aufsprang. Die Ratte witterte eine Gelegenheit zur Flucht und sprang sofort heraus. Das war nicht schlecht, denn im Käfig hätte ich sie schlecht packen können. Sogleich packte ich sie mit meinen Zähnen wieder am Hals und trug sie zum Nachbarhaus. Dort schlich ich mit ihr den Flur entlang bis ich vor dem Bett der Alten im Schlafzimmer stand. Ganz leise sprang ich hoch und legte die Ratte in der Mitte des Bettes zwischen den zwei Alten ab.

Dann spurtete ich im Schnellgang zur Küche. Ich rannte die Treppe hinunter und zu meiner sicheren Eibe. Ich war noch kurz davor, als plötzlich das Schlafzimmerlicht anging, und ein riesiges Gekreische hörbar wurde.

Kurz darauf hörte ich einen Pistolenschuss und ich fragte mich, wen der Alte wohl erschossen hatte. War es seine Frau oder die Ratte?

Am nächsten Tag wusste ich es, denn die Alte, ihr Mann und die Pflegekraft saßen vereint beim Frühstück. Allerdings waren die zwei alten Leute etwas weiß um die Nase und sahen ziemlich verschlafen aus.

Gestern saß ich nach dem Abendessen bei Eva und Tom auf dem Teppich und schaute mit ihnen fern. Es wurde eine Folge der alten Serie der Muppet Show wiederholt. Diese britisch-amerikanische Comedy Serie wurde von Jim Henson und Frank Oz in den Jahren 1976 bis 1981 geschrieben. Sie wurde in mehr als 100 Ländern ausgestrahlt, und es gab 120 Folgen, denen 1996 bis 1997 20 Episoden folgten.

In der Muppet Show treten zwei Opas auf. Herbert Satler ist grauhaarig und Charles Waldorf hat weiße Haare mit einem Schnauzer. Diese Opas wirken sympathisch, auch wenn sie in jeder Suppe ein Haar finden. Der Katzenmörder und seine Frau sind das genaue Gegenteil von sympathisch, aber das legendäre Wort "Muppets" trifft auf sie zu, da es Dödel oder Depp bedeutet. Damit es Ihnen, lieber Leser, nicht zu langweilig wird, wenn ich stets von der Alte und die Alte spreche, habe ich mich gestern Abend entschlossen, die beiden einfach die "Muppets" zu nennen, denn was die beiden anstellen, ist eine regelrechte Muppet Show!

Die polnischen Pflegekräfte, welche schon für sie gearbeitet haben, könnten ihnen wahrscheinlich ganze Romane erzählen. Immerhin habe ich aber mitbekommen, dass zwei von ihnen frühzeitig die Flucht ergriffen haben und vorzeitig ihren eigentlich drei Monate dauernden Dienst abgebrochen haben, indem sie ihr Hab und Gut schnellstens in ihrem Koffer verstauten und sich mit einem Taxi zum Bahnhof fahren ließen. Meist waren ihre Abschiedsgrüße etwas wie: „In diesem Narrenhaus bleibe ich keine Stunde länger!"

Danach dauerte es ein bis zwei Wochen, bis ein neues „Opfer" anreiste. Ich wunderte mich sehr, dass die Agentur noch Frauen fand, die diesen „Job" übernahmen. Es müsste sich doch schon herumgesprochen haben, was für „Muppets" diese Leute sind!

Überrascht beobachtete ich, dass vor dem Nachbarhaus des öfteren Leute vorfuhren, die bei den Muppets etwas einkauften. Manchmal waren es Eier, denn er hatte unzählige Hühner und fünf Hähne, welche morgens zwischen fünf Uhr und sechs Uhr laut krähten, da er sie um diese Uhrzeit fütterte. Damit wollte er nichts anderes, als seine gesamten Nachbarn, mit denen er mit fast allem Streit hatte, aufwachten.

Manchmal kamen aber auch Leute, die ihm Säcke mit geschrotetem Hühnerfutter abkauften.

"Oha, du Geizhals, diese „Hühnersuppe" versalze ich dir!", dachte ich.

Ich überlegte mir, wo ich mir meine Füße so schmutzig machen konnte, dass ich die Autodächer und Motorhauben, unsichtbar für alle als Ghost Cat, mit einem schönen Muster verzieren konnte. Heute kamen zwei Käufer kurz hintereinander. Die Autofarben waren ideal: weiß und hellgrau!

Also ging ich zu dem stinkenden Misthaufen und räumte mit meiner rechten Pfote die oberste Schicht weg. Danach folgte verrotteter, schmieriger schwarz- brauner Schmodder. Ich drückte meine zarten Füßchen hinein und stellte mir vor, dass es eine Fangopackung wäre, so dass ich nicht kotzen musste. Vorsichtig, dass nichts zu früh abfiel, schlich ich zu den Autos und sprang auf die Motorhauben und später auf die Dächer.

Mein Kunstwerk wurde schlicht einzigartig. Ich überlegte mir, ob ich es nicht noch mit meinen Initialen verzieren sollte. Ich strengte mich sehr an, dass ich ein G.C. hinbekam.

Ich musste mich noch eine Viertelstunde gedulden, bis der erste Käufer zum Auto kam . Er war mit seiner Frau gekommen, und diese schrie noch mehr als er herum, wer das ihrem Auto angetan hätte. Schließlich kamen die zwei Muppets dazu und staunten. Sie sagten: "In dieser Straße sind zwar die meisten Nachbarn beschissen, am schlimmsten die rechts neben uns, aber ich kann nicht glauben, dass sie so etwas am helllichten Tag anrichten. Vielleicht waren es Kinder gewesen."

Inzwischen kamen die anderen Kunden dazu und jammerten, dass sie erst vor zwei Stunden das Auto geputzt hätten. Schließlich gingen die Muppets wieder zum Haus, sie sagten: "Da können wir nichts machen!"

Die zwei Paare unterhielten sich noch eine ganze Weile und kamen schlussendlich zu dem Ergebnis, dass sie bei dem alten Sack nie mehr etwas kaufen werden. Befriedigt zog ich mich zurück und wusch meine Füße im Deckel eines Fasses, der mit Regenwasser vollgelaufen war. Dann steuerte ich den Wintergarten von Eva und Tom an. Ich hoffte auf eine Belohnung, die ich tatsächlich bekam, denn die beiden hatten das Geschrei auf der Straße gehört und als geheime Profiler sofort gewusst, wie sich die Sache zugetragen hatte. An diesem Tag hatten wir Drei die größte Freude miteinander, und ich schnurrte, was der Schnurrbart hergab.

Wann immer ich unter meiner Lieblingseibe lag und den Katzenmörder beobachtete, wie er im Garten irgendwelche Arbeiten durchführte, fiel mir auf, dass er immer den gleichen Strohhut aufhatte. "Strohhut auf Stroh!", dachte ich," macht sogar einen Dummen froh!"

Auf jeden Fall würde er dieses Accessoire bestimmt vermissen. Das kleine schwarze Teufelchen in meinem Kopf sandte mir gute Ideen. Die nächsten Tage beobachtete ich das Büro-und das Küchenfenster, und wer sich in welchen Räumen aufhielt. Meistens standen beide Fenster offen, aber in der Küche oder auf dem Balkon davor saßen die Pflegerin und die Alte, während er im Garten oder bei den Hühnern war.

Nach zwei Tagen war die Gelegenheit günstig, und ich sah, dass er in der Nähe der Hütte arbeitete. Weil ihm der Schweiß ins Gesicht lief, hängte er den Hut an einen Nagel an der Hütte. Kaum war er weg, stieg ich durch das Loch im Zaun und sprang so hoch, wie ich konnte. Ich versuchte mit meiner Tatze den Hut zu erwischen. Beim vierten Versuch gelang es mir. Dann stiefelte ich eiligst mitsamt dem Hut durch das Loch im Zaun. Ich blieb aber am Drahtgewebe mit ihm hängen. Er zerriss an einigen Stellen. Ich zerrte um so stärker. Schließlich blieb ein Fetzen am Zaun hängen. Doch ich rannte mit dem größten Teil des Hutes davon, weil sich der Alte wieder der Hütte näherte. Mit meiner Trophäe im Maul lief ich die Wintergartentreppe hoch und ließ den Hut fallen. Ein paar Fetzen von dem Hut standen ab. Eva und Tom saßen im Wintergarten und sprangen auf, als sie mich sahen beziehungsweise den Hut. Sie ließen mich herein und fragten neugierig, woher dieser Hut käme. Schließlich sagte Eva: "Das ist doch der Hut vom Katzenmörder! Unser Kater hat ihm diesen weg-genommen, um uns eine Freude zu machen. Das wird ihn schön ärgern, es war doch sein Lieblingshut!"

Zur Belohnung bekam ich heute ein Stück Thunfisch und frischen Lachs gleichzeitig. "Das schmeckte so gut!"

Irgendwo hörte ich einmal den Satz, dass, wenn man Rache üben will oder muss, man das Objekt und seine Schwächen genaustens kennen sollte. Deshalb stand auf meinem Programm: Beobachtung und Analyse der Eigenheiten und des Charakters. So kann man die Schwächen als Achillesfersen nutzen.

Ich hatte beobachtet, dass der Alte jeden Morgen zwischen sieben Uhr und acht Uhr zum Bäcker fuhr und mit einer Riesentüte Brötchen und Süßwaren nach zehn Minuten zurückkam.

Als er drei Tage im Krankenhaus verbrachte, musste die Pflegerin zu Fuß zum Bäcker laufen um dort einzukaufen. Anscheinend war ihnen das Frühstück die wichtigste Sache der Welt. Da wollte ich ansetzen, denn ein Verlust dieses rituellen Tagesbeginns würde ihnen sicherlich wehtun. Drei Tage dachte ich nach, wie ich hier den Hebel ansetzen konnte. Wieder und wieder befragte ich das kleine schwarze Teufelchen im Kopf, und endlich sandte es mir eine Idee!

Es war ein Tag, der mild war, und die Alte und die Pflegerin saßen auf dem Balkon, während Mister Muppet, der wieder zuhause war, die Hühner fütterte. Erneut stand das Bürofenster offen. "Schwups!", stand ich oben auf dem Sims, dann sprang ich auf dem Boden und schlich mich zu dem Türspalt. Von dort konnte ich den Flur überblicken. Ich schaute nach rechts und nach links, ich sah mehrere Zimmertüren, welche zu der Toilette, dem Bad, der Küche und zum Wohnzimmer führten. Dann sah ich noch etwas Interessantes, nämlich einen Schuhschrank, auf dem ein Schlüsselkörbchen stand. Ich schlich hinaus in den Flur und schaute durch die offene Küchentüre. Die beiden Frauen saßen noch auf dem Balkon, er war gar nirgends zu sehen. So konnte ich es wagen auf den Schuhschrank zu springen. Es gab nur ein leises Geräusch, und ich machte mich daran, das Schlüsselkörbchen zu durchsuchen. Ich fand, was ich suchte. Es war der Autoschlüssel! Mit meinen starken Zähnen zog ich ihn unter dem Hausschlüsselbund hervor und machte mich flugs aus dem Staub. Ich schleppte ihn zu meiner Lieblingseibe, wo ich ihn vergrub.

Am nächsten Morgen wurde ich um sieben Uhr durch lautes Geschrei geweckt. Ich sprang auf den Fenstersims mit Blick zum Nachbarhaus, wo mir Eva extra ein paar Blumentöpfe weggeräumt hatte, dass ich eine bessere Sicht auf das Nachbarhaus hatte. Was ich sah, brachte mich zum Schmunzeln. Die zwei Muppets und die Pflegerin standen in der Küche bei offenem Fenster und brüllten sich an. Die Alte beschuldigte die jetzige Pflegerin die Schlüssel entwendet oder versteckt zu haben. Opa Muppet hatte einen hochroten Kopf, und wahrscheinlich war der Puls schon wieder jenseits von Eden. Er hatte schon das ganze Haus nach dem Schlüssel abgesucht, aber nichts gefunden. An dem Platz, wo der Ersatzschlüssel aufbewahrt wurde, konnte er sich nicht mehr erinnern. Seine demente Frau erst recht nicht. So gab es an diesem Tag kein Frühstück, sondern nur eine stundenlange Schlüsselsucherei! Fast hätte ich mich von meinem Kinostuhl nicht wegreißen können, doch dann fiel mir mein Frühstück ein, und ich raste im Galopp die Holztreppe hinunter. Zum Glück war Eva noch in der Küche und öffnete mir

gerade eine neue Thunfischdose. Mit einem schön ge-
füllten Bäuchlein ging ich heute nicht auf einen Ausflug, sondern wieder die Treppe hoch und auf meinen
Aussichtsplatz. Am Nachmittag langweilte mich das
Beobachten der Muppets, und ich begab mich auf einen Ausflug, der den nächstgelegenen Mäuselöchern
galt.

Gut ausgeschlafen erwachte ich am nächsten Morgen
um sechs Uhr. Ich döste noch ein bisschen oben auf
dem Fensterbrett und war tatsächlich noch einmal eingeschlafen, als ich ein verdächtiges Geräusch hörte.
Ich traute meinen Augen nicht, doch tatsächlich fuhr
der Alte wieder zum Bäcker. Höchstwahrscheinlich hatte er den Ersatzschlüssel doch noch gefunden. Ich
frühstückte gleichzeitig mit Eva und Tom, und begab
mich ziemlich früh ins Freie.
Ich musste nachdenken. Unbedingt musste ich noch einen Weg finden, um ihm die Suppe zu versalzen. Nach
einem Anmarsch zu dem Lieblingssee der hiesigen Katzen, war mein Kopf frei, und ich hatte mich mit meinem kleinen Teufelchen beraten. "Was einmal klappt,
klappt auch zweimal!", flüsterte es mir ins Ohr.
Noch ein weiteres Mal fuhr er mit dem Auto zum Bäcker. Am nächsten Morgen war das Bürofenster offen
und die „Luft rein." Ich sprang erneut ins Büro und
raubte den Ersatzschlüssel aus dem Schlüsselkörbchen. Auch diesen vergrub ich unter der Eibe. Am
nächsten Morgen erwachte ich wieder von einem Rie-
sengeschrei! Das Schauspiel von vor drei Tagen wie-

derholte sich, nur lauter und bösartiger. Die Muppets und die Pflegerin schlurften den ganzen Tag durchs Haus und suchten den Ersatzschlüssel. Der Alte vergaß sogar seine Hühner zu füttern.

So ging das drei bis vier Tage, dann erschien eine Abschleppfirma und nahm das Auto mit. "Wenn beide Autoschlüssel fehlen, dann wird es teuer, und es dauert lange, bis man wieder fahren kann", dachte ich und freute mich, dass er nun zu Fuß gehen musste.

Der 31. Oktober ist ein besonderer Tag!

Richtig, an diesem Tag ist Halloween! Ich wollte dem Katzenmörder einen richtigen Schreck einjagen und besprach mich mit Eva. Sie musste mir bei dieser Aktion helfen, denn ein Kater kann nicht nähen. Ich schilderte ihr meine Idee. Ich hatte gesehen, dass sie in der Küche eine Gliederpuppe, auch Marionette genannt, an der Lampe hängen hatte. Es war ein Koch mit Kochmütze und roter Schürze, alle anderen Kleider waren weiß. Nun hatte ich die Idee, die Schürze abzubinden, und die weiße Kochmütze auf die Größe einer Gipserkappe zu kürzen.

Ich half ihr bei den Vorarbeiten und holte den fehlenden Stoff, den Nähfaden und die Schere. Dafür musste ich auf den Wohnzimmertisch springen, was ihr nicht so gut gefiel, doch sie ließ es zu, weil sie sich freute, dass ich ihr helfen wollte. Nach drei Stunden war die Puppe fertig. Wir zogen ihr die Mütze ins Gesicht, genauso wie er sie immer aufgehabt hatte. Jetzt brauchten wir nur noch einen Strick um den Hals. Auch der war schnell gefunden.

Wir drapierten die Marionette* deutlich sichtbar am Fenster des Büros, wo mein Beobachtungsposten war.

---

*Nach einer Idee von P.K., einem Freund des Katzenmörders, der mit einer weiblichen lebensgroßen Schaufensterpuppe mit Strick um den Hals, Eva und Tom erschrecken wollte!

Am nächsten Morgen war es soweit, die polnische Pflegerin schob die Vorhänge auseinander und öffnete einen Fensterflügel. Eigentlich wollte sie ihr Federbett ausschütteln. Doch sie sah herüber und erkannte die Marionette. Ihre Kinnlade klappte nach unten und ihre Augen wurden groß wie Wagenräder. Wie von der Tarantel gestochen, rannte sie hinab in die Küche, wo der Alte am Frühstückstisch saß. Anscheinend berichtete sie ihm, was sie gesehen hatte, denn er rannte mit ihr zusammen in ihre Wohnung.

Eva machte im Schlafzimmer gerade die Betten, als ich ganz laut miaute, um sie ins Büro zu locken. Sie sollte die Reaktion des Katzenmörders beobachten können. Sie kam herübergeeilt und schaute in die geöffneten Fenster des Nachbarhauses. Der Alte hieb mit seiner Faust auf den Fensterrahmen ein und sein Gesicht färbte sich dunkelrot.

Schließlich fasste er sich an sein Herz, und ich schaute Eva an. Ich fragte: "Bekommt er wieder einen Herzinfarkt?" Eva antwortete und lächelte verschmitzt: "Warten wir es ab! Wenn heute nicht, dann morgen. Vorbei wären alle Sorgen!"

Mit Erstaunen sah ich , dass die Muppets noch weitere Käufer von geschrotetem Vogelfutter hatten. Ein schwarzer Mercedes stand vor den zwei Garagen, von denen ein Garagentor immer offen stand, in dem sich der silbergraue Mercedes des Alten befand. Gerne wollte ich dem Kunden einen Streich spielen, wie bei den beiden anderen, die daraufhin beschlossen hatten, nie mehr zu ihm zu kommen. Doch eines wollte ich auf gar keinen Fall, nämlich meine Pfoten so wie das letzte Mal zu beschmutzen. Ich hatte, nachdem ich meine Pfoten in den Misthaufen gegraben hatte, ins Wasser stehen müssen, und danach hatte ich sie stundenlang sauber geschleckt.

Ich ging zu dem schwarzen Auto und umrundete es. Ich betrachte es ganz genau und hoffte, dass mir eine gute Idee einfiel, um den Kunden zukünftig zu vertreiben. Mein Teufelchen half mir wieder!

Ich hatte die schönsten weißen Zähne der Welt, die kraftvoll zubeißen konnten. Also versuchte ich mein Glück bei den Reifenventilen. Bei dem ersten musste ich mich noch sehr anstrengen, doch bei den nächsten drei war es schon Routine. Befriedigt hörte ich wie ein leises Zischen einsetzte. Ich freute mich an meinem Werk und schaute in die Garage, wo der silbergraue Mercedes des Katzenmörders stand. Ich dachte: „Ich bin gut in Übung, jetzt mache ich doch gleich bei diesem Auto weiter." Ratzfatz waren vier weitere Ventile durchgebissen. Ich hörte es nun von beiden Seiten zischen! Das war Musik in meinen Ohren!

Die Luft entwich sehr langsam, so dass der Besitzer des Wagens nichts bemerkte, als er das Vogelfutter in den Kofferraum einlud.

Wieder war ein großartiger Streich gelungen, und ich freute mich schon auf den nächsten Morgen, wenn der Alte zum Bäcker fahren wollte und entdecken würde, dass er vier platte Reifen hatte.

Seit zwei Tagen werkelten die Alte und die Pflegerin den ganzen Tag in der Küche. Sie backten Kuchen und Brötchen, putzten das ganze Haus durch und richteten im Wohnzimmer eine große Tafel mit Tellern, Gläsern, Besteck und Servietten her.

Als Eva ins Büro kam, wo ich auf meinem üblichen Beobachtungsposten saß, miaute ich ganz laut und blickte hinüber. Eva wusste schon, dass, wenn ich so laut miaute, es etwas zu beobachten gab. Sie sagte: "Ich habe auch schon bemerkt, das im Nachbarhaus so emsig gewerkelt wird.

"Jetzt fällt es mir ein", sagte Eva, "der Muppet hat morgen Geburtstag und wahrscheinlich wird der ganze Clan von Tochter und Sohn, sprich die Enkel, einfallen."

"Aha!", sagte ich zu mir, "Ich werde wieder mein kleines Teufelchen bemühen müssen."

Mit Argusaugen beobachtete ich am nächsten Morgen die Küche und schaute den Vorbereitungen zu. Ich sah, wie sie eine große silberne Platte mit diversen Wurst- und Käsesorten belegten. Ich beeilte mich in den Garten zu kommen und sondierte ein Mäuseloch nach dem anderen. Schließlich fing ich eine uralte verhutzelte Maus, die unangenehm stank . Es war unangenehm mit der Maus zwischen den Zähnen zum Haus des Nachbarn zu laufen. Ich wartete so lange, bis ich das Auto der Tochter heranfahren sah. Nachdem sie geklingelt hatte, sprang ich auf den Sims des Büros. Während die ganze Meute zum Eingang des Hauses ging, wo der Alte mit großem Brimborium beglückwünscht wurde, schlich ich in die Küche und sprang mit der Maus auf den Tisch, wo die silberne Platte stand. Ich zog die Maus mit dem Stinkeparfüm über die diversen Wurstsorten, dann platzierte ich sie in der Mitte. Als die Gratulanten ins Wohnzimmer gingen, war ich schon längst wieder verschwunden. Rasch war ich wieder zurück beim Wintergarten, wo ich von Eva eingelassen wurde. Ich miaute laut , rannte die Treppe hoch und nahm auf meinem Beobachtungsposten Platz. Eva wusste sofort, dass ich wieder etwas angestellt hatte, und rannte hinter mir her. Wir grinsten uns an und warteten, wer die Wurstplatte ins Wohnzimmer bringen würde.

Es war die Alte, die ihre Brille nicht aufhatte. Sie nahm einfach die Platte mit und stellte sie auf den Wohnzimmertisch. Es dauerte keine fünf Minuten bis einer der Enkel die leckere Spezialität in der Mitte entdeckt hatte. Wieder einmal gab es ein riesiges Geschrei und die Enkelschar stürmte aus dem Wohnzimmer zur Eingangstüre, die Straße entlang und lief schnellen Schrittes zum Haus der Tochter. Obwohl ihnen ihre Eltern zuriefen, sie sollten zurückkommen, schauten sie sich nicht um und liefern weiter davon.

Zwischenzeitlich hatte sich der Streit verdoppelt, denn die Frau des Nachbarn hatte wieder einmal die Pflegerin beschuldigt, diese Sauerei angerichtet zu haben. Die Alte wollte ihr gerade eine Ohrfeige geben, als die Eltern der Enkel zurückkamen, und der Sohn den Arm seiner Mutter festhielt. Die Pflegerin nutzte den Moment der Ruhe und rannte die Treppe hoch zu ihrer Wohnung. Eva sagte zu mir: "Wir sollten eine Wette machen, wie es weitergeht. Sicherlich wird auch diese Pflegekraft gleich ihren Koffer holen, ihre Kleider hinein werfen und mit einem Taxi davon fahren. Bald wird wieder eine neue vor der Türe stehen!" "Miau, miau," sagte ich, "genau das glaube ich auch!"

Zwischenzeitlich hatten die Tochter, der Sohn und ihre Ehepartner die lustige Geburtstagsparty verlassen, waren in ihre Fahrzeuge eingestiegen und davon gefahren. Übrigens kam nach einer halben Stunde ein Taxi vorgefahren, und die Pflegerin verschwand auch!

4: Neue Freunde

Den Weg zu dem kleinen See, an dem sich immer einige Katzen trafen, hatte ich Philosophenweg getauft, da ich immer, wenn ich ihn einschlug, tolle Gedanken und Ideen hatte. Als ich ihn heute entlangwanderte, dachte ich an mein voriges Leben zurück und an die Freunde und Freundinnen, die ich damals gehabt hatte. Es überkam mich eine leise Sehnsucht, denn als unsichtbarer Kater war es schwierig Freundschaften zu schließen. Glücklicherweise hatte ich Eva und Tom gefunden, die mich spürten oder durch eine geheimnisvolle Art und Weise „sahen." Ebenso wie in meinem vorigen Leben war ich ihr Freund geworden. Doch ich hätte auch unter den Katzen gerne mehr Kontakte gehabt und wollte mein neues Leben nicht nur der Rache opfern. Ich dachte zurück an meine wunderschöne Freundin, die schwarz und braun getigerte Kleopatra. Sie war die schönste Katze gewesen, die ich jemals in einem meiner früheren Leben gesehen hatte. Ich sehnte mich so sehr nach ihr, dass es fast ein körperlicher Schmerz war. Im Handumdrehen stand ich vor dem See und wusste gar nicht, wie ich hergekommen war. So sehr hatten mich die Gedanken an Kleopatra gefangen genommen. Ich schlich zum See, wo einige Kater vor der Angelhütte saßen. Aufgrund des guten Geruchssinns merkten sie gleich, dass sich ein weiterer Kater zu ihnen gesetzt hatte. Sie wunderten sich jedoch, dass sie mich nicht sehen konnten. Schließlich fragte mich einer, wer ich sei, und warum ich mich unsichtbar machen könnte. Schließlich begann ich Ihnen von meinem vorigen und jetzigen Leben zu berichten. Sie brachten viel Verständnis auf und luden mich ein, öfter zu ihnen zu kommen. Außerdem versprachen sie mein Geheimnis zu bewahren, um mich nicht zu gefährden. Ich blieb eine recht lange Zeit bei Ihnen und versprach in den nächsten Tagen wieder vorbeizukommen, denn die Gesellschaft hatte mir gut getan. Bedeutend gelassener ging ich wieder nach Hause zu Eva und Tom und nahm mir vor den Katzenstammtisch übermorgen wieder zu besuchen.

Zwei Tage später ging ich wieder zum See und wurde so toll von den Katern willkommen geheißen, dass ich mich riesig freute, sie kennengelernt zu haben. Obwohl ich unsichtbar war, mochten sie mich und bezogen mich in ihre Runde ein. Katzen sind eben sensible Tiere, dachte ich. Es war so lustig, dass ich gar nicht nach Hause gehen wollte, doch ich dachte daran, wie Eva und Tom auf mich warteten und Angst bekamen, wenn ich bei Dunkelheit nicht zu Hause war. Deshalb entschloss ich mich, es war gerade Oktober geworden, um 19 Uhr nach Hause zu gehen. Ich verabschiedete mich von meinen neuen Freunden und lief die Wiese hoch um auf den Weg nach Hause zu kommen, als mir fast das Herz stehen blieb. Ich sah eine Kätzin, die meiner geliebten Kleopatra glich wie ein Ei dem anderen. Ich war so aufgeregt, dass ich überhaupt nicht mehr denken konnte. Ich fragte mich, ob dies eventuell ihre Tochter wäre, oder ob sie trotz des vorangeschritten Alters immer noch so sagenhaft gut aussah. Auch sie riss die Augen auf, dass man denken konnte, sie hätte einen Eisbär gesehen. So wusste ich, dass auch sie mich kannte. Schließlich fasste ich mir ein Herz und sprach sie an. Sofort sagte sie: „Wir beide kennen uns aus alten Zeiten!"

Ich wunderte mich sehr und fragte sie, was sie damit meinte. Prompt antwortete sie: "In dem Leben, das wir vor diesem Leben hatten!" Ich war sehr erstaunt, wie direkt sie war, und dass sie sich so extrem gut an ihr voriges Leben erinnern konnte. Nun gab ich es auch zu und sagte zu ihr: "Meine innig geliebte Kleopatra, ich erinnere mich an alles, und ich bin wahnsinnig glücklich, dass wir uns auch in diesem Leben wieder begegnen. Liebe ist unendlich, und er besiegt sogar den Tod!"

Ihre Augen wurden immer größer, und ich sah darin, dass ihre Liebe zu mir noch so groß war wie einst im Mai. Ich rannte zu ihr und rieb meine Nase an ihrer Nase, was einem menschlichen Kuss entspricht. Wir verabredeten uns gleich für den nächsten Morgen. Ich zeigte ihr noch, wo ich wohnte, und sie versprach mir, dass sie nach dem Frühstück zu mir kommen würde.

In dieser Nacht hatte ich die allerschönsten Träume und schlief mit Schnurren ein!

An diesem Morgen fiel mir auf, wie genau meine Freunde mich beobachteten und aus meinem Verhalten ihre Rückschlüsse zogen. Eva sagte zu Tom: "Jetzt, nachdem Pedro mit dem Frühstück fertig ist, verhält er sich ganz anders als üblich. Meistens legt er sich zu einem Schläfchen in seinen Lieblingssessel, doch heute scheint er ganz aufgeregt zu sein, denn immer wieder geht er zur Wintergartentüre und schaut hinaus, als würde er auf jemanden warten. So unruhig war er noch gar nie!"

Pünktlich um 11 Uhr kam Kleopatra die Wintergartentreppe herauf spaziert. Eva merkte sofort, dass eine fremde Katze vor der Türe saß. Ich miaute und begehrte um Auslass. Eva streichelte mich und wünschte mir einen schönen Tag mit meiner neuen hübschen Freundin.

Wir wollten gerade durch den Garten von Eva und Tom auf die Pferdeweide gehen, um auf den Weg zum See zu kommen an dem wir in unserem vorigen Leben viele schöne Stunden verlebt hatten, als wir ein Auto anrasen hörten und uns auf die Nordseite begaben um zu sehen, wer in einem solchen Tempo in unsere schmale enge Sackgasse einfährt. Wieder einmal war es Mister Muppet! Doch diesmal ließ er seine demente Frau nicht vor der Garage aussteigen sondern raste in einer Art und Weise in diese hinein, dass man dachte, eine Kanonenkugel würde jetzt die hintere Garagenwand hinausschießen. Doch erstaunlicherweise passierte erst einmal gar nichts. Um so größer war unsere Überraschung, denn aus der Garage kam Mister Muppet und die neue Pflegerin. Wir beobachteten die beiden wie sie zum Hauseingang gingen und sahen, wie die Pflegerin liebevoll den Arm um den Alten legte. Sie sagte: "Schließ auf, wir müssen hinein!" Der Alte schaute sie verliebt an und streichelte ihr über die Wange. Kleopatra und ich schauten uns überrascht an. Aber es wurde noch amüsanter, denn als die beiden über Flur und Küche auf die Veranda traten, schrie seine Ehefrau laut vor lauter Freude: "Oh, wie schön! Ihr seid ja schon da!" Hätte sie vorhin aus dem Bürofenster geschaut, hätte sie wahrscheinlich der Schlag getroffen!

Ich schaute Kleopatra an, wir schmunzelten beide. Wir rieben unsere Nasen aneinander und versprachen uns, dass wir uns auch in diesem Leben niemals betrügen werden.

Während wir nach diesem Vorfall gemütlich über die Pferdeweide gingen, um auf den Weg entlang zur Bahnlinie zu kommen, der zum Angelsee führt, unterhielten wir uns angeregt über diese seltsame Wendung. Kleopatra sagte zu mir: "Erinnerst du dich noch an Muppets Nachbarn, Freund und Gaunerkameraden, der pflegebedürftig wurde und ebenfalls unterschiedliche Pflegerinnen aus Polen hatte. Diese Frauen durften drei Monate im Land bleiben. Danach wurden sie ausgewechselt. Die letzte Pflegerin, eine große und hübsche Blondine, welche perfekt Deutsch sprach, gefiel ihm so gut, dass er sich sehr anstrengte, um aus dem Rollstuhl aufstehen zu können. Er lief ihr wie ein Hund hinterher. Doch das menschliche Herz gleicht in gewisser Hinsicht einem Automotor. Er dreht noch einmal richtig auf und zeigt volle Leistung, bevor er den Geist aufgibt. Drei Tage später starb er. Vielleicht geht es diesem Muppet genauso?"

Ich antwortete: "Meine liebe Kleopatra, dein analytischer Verstand und die Analysen, die du aus der Verhaltensbeobachtung ziehst, überraschen mich! Dein Wort in Bastets Ohr! Würde er alleine über den Jordan gehen, dann müssten wir uns nicht die Pfoten schmutzig machen. Wir könnten unser Leben in Liebe gemeinsam verbringen und uns jeden Tag mit Aktivitäten und gutem Essen vergnügen.

Doch sollte dieses Wunder nicht geschehen, werden wir gemeinsam dafür sorgen, dass dieser Teufel in Menschengestalt nicht noch mehr Tiere und Menschen quälen kann, und ich meinen Schwur gegenüber der Katzengöttin erfülle."

Die nächste Woche nahmen sich Kleopatra und ich frei. Wir feierten unser Wiedersehen bei täglichen Ausflügen. Wir erkundeten in jeder Himmelsrichtung die Sehenswürdigkeiten der Stadt. Unser erster Ausflug führte uns nach Western. Wir strolchten durch den botanischen Garten und bewunderten die Goldfische und die Kois. Als keine Besucher zu sehen waren, angelte Kleopatra einen Koi aus dem Teich. Wir rannten schnellstens in ein dichtes Gebüsch und teilten ihn uns. Kleopatra wusste, dass diese Fische sehr teuer sind, etwa in der Preisklasse eines erstklassigen Rumpsteaks für Menschen. Danach betraten wir über die Schlosstreppe das Schloss. Als die Frau, welche die Eintrittskarten verkauft, sich mit einer Besucherin unterhielt, rasten wir die Treppe ins erste Obergeschoss hoch. Wir schauten in jedes fürstlich eingerichtete Zimmer. Im Schlafzimmer legten wir uns zum Ausruhen in das Bett des Großherzogs. Gegen 18 Uhr hörten wir eine Person die Treppe herauf kommen. Es war der Schlossaufseher, der nachsah, dass sich niemand im Schloss versteckt hielt. Schnellstens sprangen wir zwei vom Bett herunter und versteckten uns unter dem Bett. Als der Mann in den Schlafzimmerschrank schaute, rannten wir die Treppe hinunter und liefen nun, gut ausgeruht, nach Hause. Bei Dunkelheit kamen wir zu Hause an und trennten uns mit Tränen in den Augen. Doch morgen war ein neuer Tag und unsere Freunde, die uns liebten und versorgten, hatten schließlich auch das Anrecht auf einige gemeinsame Stunden.

Am nächsten Morgen machten wir einen Ausflug in südlicher Richtung. Wir kamen zum Messplatz, wo zweimal im Jahr die Frühlings- oder Herbstmesse stattfand, zusätzlich zwei kleinere Jahrmärkte oder die Kirmes. Heute stand dort ein riesiges Zelt, in dem der Starkoch Sören Anders ein Varietéprogramm samt exzellentem Gourmetessen in den Abendstunden anbot.

Doch erstaunlicherweise waren schon jetzt Menschen in einem Teil des Zelts, das wohl der Küche zuzurechnen war. Von ihm gingen wunderbare Gerüche aus und ich schlug Kleopatra vor, dort einmal hineinzuschnuppern. Als wir interessiert durch einen Spalt im Zelt hinein schauten, sah uns der Küchenjunge, der anscheinend ein Katzenliebhaber war. Er rief uns zu sich und kredenzte uns kleine Köstlichkeiten, welche als Amuseguele zur Freude der Besucher gratis gereicht wurden. Wir bekamen Lachsröllchen, geräucherte Makrelen, Eier mit Kaviar und diverse Minischinkenbrötchen. Es schmeckte wunderbar! Doch schließlich waren wir so satt, dass Kleopatra sagte, heute brauchen wir kein Abendessen von unseren Freunden mehr. Wir bedanken uns bei dem netten Küchenjungen vielmals mit Schnurren und um die Beine streichen. Wir verabschiedeten uns und steuerten unseren geliebten Angelsee an, an dem wir uns wiedergefunden hatten. Heute waren keine Freunde da. Da wir von dem anstrengenden Mittagessen müde waren, suchten wir uns ein warmes Plätzchen in der Sonne und schliefen mehrere Stunden bis zum Abend, wo wir uns wieder auf den Weg machten, da unsere Freunde sicherlich schon auf uns warteten.

Unser Ausflug am Mittwoch führte uns durch die Unterführung der drei Bahnlinien zu den Kleingärten. An deren Ende war eine viel befahrene Straße, und wir mussten lange warten bis wir diese überqueren konnten. Danach kamen wir in einen Wald mit kleinen Flüsschen und moorigen Stellen. Wir liefen in nordöstlicher Richtung weiter und kamen in Grötzingen an einen Baggersee. Wir sahen etwas Erstaunliches: Der See war in drei Zonen eingeteilt: Küstenabschnitt für Menschen, für Hunde und für Pferde. Wo blieb der Strand für die Katzen? Doch Kleopatra sagte: "Den brauchen wir nicht, ich würde niemals zusammen mit einem Hund im See schwimmen!"

Ich lachte und erwiderte: "Wo du recht hast, meine Liebe, da hast du recht!" An einem versteckten Teil des Sees legten wir uns eine kleine Weile zum Ausruhen in die Sonne. Ich schlug Kleopatra vor noch den Turmberg zu besteigen und versprach ihr den spektakulärsten Sonnenuntergang der ganzen Stadt, denn von hier oben hatte man den besten Blick Richtung Westen und sah die Sonne am längsten.

Den Höhenunterschied von 140 Metern bewältigten wir in einer halben Stunde. Wir mussten ziemlich keuchen, bis wir ganz oben waren. Wir gingen zu der neuen Terrasse und bewunderten den romantischen Sonnenuntergang mit Erstaunen und Wohlgefühl. Als die Sonne hinter dem Horizont verschwunden war, machten wir uns eiligst an den Abstieg, denn wir wollten den relativ weiten Weg nicht in der Dunkelheit hinter uns bringen.

Kleopatra begleitete mich bis zur Wintergartentüre von Eva und Tom und wurde noch zu einem kleinen Abendsnack von Eva eingeladen. Danach eilte sie nach Hause.

Der Donnerstag führte uns in den Norden. Eva hatte beim Frühstück Tom aus der Zeitung vorgelesen, dass in Stutensee am Donnerstag und Freitag ein Reitturnier stattfindet. Das wollten sie sich anschauen und Kleopatra, die diese edlen Tiere auch bewunderte, fragte mich, ob wir beide nicht auch zu dem Reitturnier laufen könnten. Obwohl wir am Vortag weit gelaufen waren, starteten wir das Projekt. Wir brauchten eine starke Stunde, und Kleopatra nahm mir danach den Schwur ab, am nächsten Tag nicht mehr so weit zu laufen. Doch das Reitturnier war sehr interessant, und es gewann das Pferd mit dem Namen Wildcat.

Dann geschah ein toller Zufall: Während wir schon den Heimweg einschlugen, fuhren uns Eva und Tom entgegen. Sie erkannten uns sofort, hielten an und nahmen uns mit nach Hause. Wir mussten den weiten Weg also nicht auf unseren eigenen Beinen bewältigen, sondern wurden wie Katzenkönigin und Katzenkönig nach Hause chauffiert. Kleopatra war darüber sehr glücklich, denn sie hatte schon Blasen an ihren kleinen Fußballen.

Heute war Freitag, und das Wetter war wunderbar. Die Sonne schien und blauer Himmel satt! Doch unser Spaziergang sollte sich in Grenzen halten, hatte meine Kleopatra mit rollenden Akzent in der Stimme gesagt. So machten wir uns auf den Weg zum Angelsee. Es waren schon einige Kätzinnen und Kater da. Sie saßen vor einem riesigen Fisch und futterten.

Tomasso sagte: "Das ist der größte Seehecht, den ich jemals gefangen habe. Jeder darf sich ein großes Stück nehmen. Bedient euch, denn es ist genug für alle da!" Das ließen wir uns nicht zweimal sagen, denn der Fisch war fangfrisch. Einer der Kater saß abseits und beobachtete den Weg. Ich fragte Tomasso: "Bekommt Othello nichts zu essen?"

Er antwortete: "Für Othello habe ich bereits ein schönes Stück zur Seite gelegt. Er steht Wache und beobachtet die Menschen auf dem Weg. "Plötzlich hörten wir ein herzzerreißendes Miauen und den Ruf: "Alarm! Der Angelwart kommt!" Jeder packte sein großes Fischstück und rannte in eine andere Richtung. Kleopatra und ich rannten hinter die Hütte, während sich die anderen in den Wiesen und Kleingärten versteckten. Der Angelwart kam tatsächlich zu der Hütte und kontrollierte, ob sie richtig verschlossen war. Plötzlich sah er vor der Hütte die Gräten und einige Fetzen Fischhaut. Er machte ein grimmiges Gesicht. Wir beide wagten kaum zu atmen und hofften, dass er die Hütte nicht umrunden würde. Anscheinend hatte er kein Herz für angelnde Katzen. Nach wenigen Minuten ging er wieder davon. Kurz darauf kamen auch unsere Freunde zurück, die den Mann wohl auch beobachtet hatten.

Nun übernahm ein anderer Kater die Wache und Othello konnte in aller Ruhe sein Stück Seehecht essen. Jetzt verstand ich auch, warum die Kater eine Wache aufgestellt hatten. Wir amüsierten uns riesig und lachten über den Angelwart, der den größten Fisch des Sees verloren hatte. Dann gingen wir gemütlich die wenigen Meter nach Hause. War das ein lustiger Tag gewesen und so nahrhaft!

Als Kleopatra am Samstagmorgen um 11 Uhr vor der Wintergartentüre stand, öffnete Eva die Türe und ließ sie herein. Wir knabberten einige Brekkies. Ich machte einen Vorschlag für den heutigen Ausflug. Ich berichtete ihr, dass ich in meinem vorigen Leben einen Freund hatte, einen russischen Waldkater mit dem Namen Ivan, der bei einem russischen Ehepaar in der Waldstadt gewohnt hatte. Ich wusste nicht, ob er noch am Leben war. Ich wollte heute nach ihm schauen und ihm Kleopatra vorstellen. Da wir uns damals fast jeden Samstag getroffen hatten, hatte ich ihm den Kosenamen Sam gegeben.
Kleopatra war erstaunt , dass ich mich an so vieles von meinem alten Leben erinnern konnte. Sie antworte: "Ja, das können wir gerne machen. Ich wäre auch interessiert daran, ob alte Freundinnen von mir noch oder wieder leben. Aber heute suchen wir erst einmal nach Sam! Diese kurze Strecke schaffe ich bestimmt ohne weitere Blasen an den Pfoten!"
Wir liefen los und standen nach 20 Minuten vor einem Haus, das in den Farben schwarz und weiß gehalten war. Es wirkte sehr elegant. Kleopatra war von dem

Bauwerk ganz begeistert. Ich wusste noch, dass man durch das Tor schlüpfen musste und links am Haus vorbei in den Garten kam, wo Sam vor einer Gartenhütte meistens schlief. Vorsichtig schaute ich um die Ecke Richtung Gartenhütte. Tatsächlich lag dort mein Sam und schnarchte. Wir gingen leise zu ihm und warteten, bis er aufwachte. Plötzlich ging ein Augenlid hoch und er blinzelte mit beiden Augen. Anscheinend dachte er noch, dass er träumen würde, denn er feuchtete seine Pfote an und strich damit über seine Augen.

Er sagte: "Hallo, du schöne Katzendame! Womit habe ich deinen Besuch verdient?" Da wurde mir klar, dass er mich nicht sehen konnte. Er sah nur Kleopatra. Die Kater vom Angelsee erkannten mich wahrscheinlich inzwischen mehr über den Geruch als über die Augen. Kleopatra antwortete ihm: "Du hattest doch einmal einen Freund, der dich Sam genannt hat. Erinnerst du dich noch an ihn?"

Er antwortete: "Selbstverständlich, er war mein bester Freund. Wir haben uns fast jeden Samstag getroffen. Als er nicht mehr kam, haben mir meine Freunde erzählt, dass er von einem heimtückischen Menschen umgebracht worden war. Ich erinnere mich noch ganz genau an seinen angenehmen männlichen Duft. Es ist merkwürdig, der Duft ist so stark in meiner Erinnerung, dass ich sogar sagen würde, dass er vor mir steht!"

Kleopatra grinste: "Er steht in der Tat vor dir, doch die Katzengöttin Bastet hat ihn unsichtbar gemacht, damit er sich an seinem Mörder rächen kann! "Sam stand auf und kam näher zu mir. Er fuhr mir mit seiner Pfote

über den Rücken, und danach gab er mir mehrere Na-
senküsse. So sehr freute er sich über unser Wiedersehen. Auch mir standen Tränen in den Augen. Wir blieben bis zum Abend bei ihm und erzählten uns gegen-
seitig alte Abenteuer. Kleopatra war über die alten Ge-
schichten so begeistert, dass sie fast nicht nach Hause
wollte. Doch als die Dunkelheit voran schritt, drängte
ich zum Aufbruch, denn ihre und meine Freunde hatten
stets Angst, wenn wir nicht rechtzeitig nach Hause kamen.
Wir verabschiedeten uns von Sam und gaben uns das
gegenseitige Versprechen, uns am nächsten Samstag
wieder zu treffen. Sam bat uns, noch einmal in die
Waldstadt zu kommen.

Wenn ein Sonntag mit Sonne beginnt, gibt es meist ein
Tag der Überraschungen. Meine erste Überraschung
nach dem Frühstück war, Kleopatra schon um 10 Uhr
auf der Treppe vor der Wintergartentüre sitzen zu sehen.
"Hatte sie Sehnsucht nach mir gehabt, dass sie schon
eine Stunde früher wie verabredet kam?", fragte ich
mich und freute mich darüber. Eva ließ sie herein, begrüßte und streichelte sie. Sie stellte ein paar kleine
Leckereien vor uns. Sie sagte: "Lieber Pedro, du hast
ganz erstaunte Augen über deine frühe Besucherin gemacht, aber eigentlich müsstest du wissen, warum deine Freundin heute eine Stunde früher gekommen ist!
Ich verdrehte die Augen und überlegte, was ich vergessen hätte. Da nahm mich Eva auf den Arm, drehte
mit mir eine kleine Tanzrunde und gratulierte mir zu

meinem zweiten Geburtstag in meinem neuen Leben.

Jetzt war ich tatsächlich platt vor Staunen! Alle hatten daran gedacht, nur ich nicht! Kleopatra hatte sich tatsächlich hinter meinem Rücken mit Eva und Tom sich diese Überraschung ausgedacht. Doch es wurde noch besser.
Eva und Tom hatten uns vor kurzem beim Reitturnier in Stutensee aufgesammelt und nach Hause gefahren. Da uns beiden die Autofahrt so gut gefallen hatte, hatten sie für meinen Geburtstag erneut eine Ausfahrt vorbereitet. Sie wollen uns den schönen Rhein zeigen.

Gegen 11 Uhr klingelte es plötzlich an der Haustüre und eine Frau kam herein, die ich nicht kannte. Kleopatra näherte sich ihr und begrüßte sie, indem sie um ihre Beine strich. Sie mussten sich also kennen. Die Frau sprach mit ihr und streichelte sie, da zählte ich eins und eins zusammen. Ich mutmaßte, dass diese Frau ihre Adoptivmutter sein musste. So war es in der Tat! Eva sagte mir, dass wir heute alle zusammen feiern würden. Eva nannte die Frau Anna. Sie hatte sogar für Kleopatra eine Leine dabei. Für mich zog Eva eine Leine an einer Art Weste, die unter meiner Brust verbunden wurde, aus einer Tüte heraus. So wurden wir "angezogen".

Schließlich gingen wir zum Auto und Anna saß mit uns beiden Katzen auf dem Rücksitz.

Nach einer halben Stunde Fahrt waren wir an dem großen breiten Fluss. Tom suchte einen Parkplatz und anschließend liefen wir ein gutes Stück den Rhein entlang. Nach einer Viertelstunde ging es wieder zurück. Der Chef des Lokals Rheinblick begrüßte uns herzlich und führte uns zu einem mit Blumen geschmückten Tisch. Für die Menschen gab es als Vorspeise einen bunten Salat. Die Hauptspeise war ein Rinderschmorbraten mit kleinen feinen Nudeln. Das Dessert sah interessant aus. Es war eine Art Soufflé und der Chef nannte es „Salzburger Nockerl." Kleopatra und ich bekamen kleine Tellerchen mit verschiedenen Fischspeisen.

Nach zwei Stunden fuhren wir wieder nach Hause, und Kleopatra und ich machten noch einen kleinen gemeinsamen Ausflug, während Eva, Anna und Tom noch eine Weile bei Kaffee und Kuchen zusammen saßen.

Das war der schönste Geburtstag von allen meinen Leben gewesen!

Die vergangene Woche war so schön gewesen, dass sie mir ewig in Erinnerung bleiben wird. Von mir aus hätte es ewig so weitergehen können. Doch heute kam Kleopatra erst wieder um 11 Uhr zu mir. Eva ließ sie herein und reichte ihr ein Schälchen mit Knuspereien. Kleopatra sagte zu mir: "Diese Woche sollten wir uns verstärkt um deinen und den Wunsch der Katzengöttin Bastet kümmern und dem Katzenmörder eine Lektion erteilen. Was ist sein größter Schwachpunkt? Unter welchem Verlust würde er am meisten leiden?" Auf diese Frage wusste ich sofort eine Antwort: "Sein Führerschein und sein Auto!"

"Darum kümmern wir uns als erstes!", sagte Kleopatra. "Was passiert, wenn der Zulassungsstempel vom Autokennzeichen abgekratzt wird?"

"Dann zieht die Polizei das Auto ein, und der Besitzer erhält eine Strafe!", war meine schnelle Antwort.

Kleopatra schlug folgendes vor: "Du hast doch so wahnsinnig scharfe Krallen. Heute schleichst du dich in die Garage und kratzt den Stempel ab. Wenn ein Polizist den fehlenden Zulassungsstempel sieht, hat der Katzenmörder ein größeres Problem am Hals!"

Ich antwortete: "Die jungen Polizisten sind nicht mehr so aufmerksam wie früher, als nur Männer alleine Streife fuhren. Heute sitzt meist eine Polizistin am Steuer und der Mann daneben. Sie unterhalten sich so gut miteinander, dass sie die Verstöße der Autofahrer überhaupt nicht mehr bemerken. Es kann sein, dass wir einige Tage darauf warten müssen, bis dieser Mangel bemerkt wird."

Trotz meiner Worte war Kleopatra völlig von ihrer Idee

überzeugt. Sie antwortete: "Wir versuchen es trotzdem. Wir haben nichts zu verlieren!"
Als der Katzenmörder pünktlich um 12 Uhr am Mittags-
tisch saß, schlich ich in die Garage und nach fünf Minuten Kratzen war der amtliche Stempel verschwunden.

Bald wird Kleopatra Geburtstag haben, und ich überlegte mir, wie ich ihr eine Freude machen könnte. Ich
machte sogar einen Streifzug durch die Innenstadt, die
ich normalerweise wegen des vielen Verkehrs und der
Menschen mied.

Ich drückte mir die Nase an Schmuckgeschäften platt,
denn ich wusste, dass die Damenwelt sehr für alles
Glitzernde schwärmt. Ein Armbändchen für Menschen-
frauen wäre für meine Kleopatra eine wunderschöne
Halskette gewesen. Ich sah so manches in der Ausla-
ge, das mir gefallen hätte, doch leider hatte ich kein
Geld. Ich versteckte mich hinter einer Plakatsäule und
beobachtete die Menschen, die aus dem Geschäft heraus kamen. Ich hatte die Hoffnung, dass irgendjemand
den Schmuck, den er gekauft hatte, fallen lassen würde, und ich so ein Geburtstagsgeschenk für Kleopatra
hätte. Ich wartete länger als eine Stunde, doch niemand tat mir diesen Gefallen. Ich entschloss mich
nach Hause zurückzukehren, lief aber noch am Naturkundemuseum vorbei.

Dieses Museum gehört zu den großen naturwissen-
schaftlichen Forschungsmuseen Deutschlands. Entstanden ist es Mitte des 18. Jahrhunderts aus den
markgräflich badischen Sammlungen von Kuriositäten
und Naturalien.

Man kann sich in den Ausstellungsräumen Präparate
von einheimischen und exotischen Tieren anschauen
sowie Fossilien und Mineralien. Besonders interessant
sind die lebenden Tiere im Vivarium. Auf 800 Quadrat-
meter Ausstellungsfläche können Interessierte entdecken, welche Strategien Tiere, Pflanzen und Pilze für

die Herausforderungen des Lebens im Laufe ihrer Evolution entwickelt haben. Man sieht leuchtende Laternenfische, und der Lotuseffekt wird erklärt.

Das würde Kleopatra sicherlich gefallen, denn sie war an allen Geheimnissen des Lebens interessiert. Doch wie sollten wir in dieses Museum gelangen? Man würde uns sicherlich keinen roten Teppich ausrollen, damit wir hinein gehen könnten. Ich umrundete das große Gebäude und entdeckte ein Kellerfenster, das gekippt war. Sollte dieses Fenster abends nicht geschlossen werden, wäre dies eine vortreffliche Lösung, um in das Gebäude zu gelangen. Ich musste nur in den Abendstunden der nächsten Tage dieses Fenster observieren. Dies machte ich. Tatsächlich blieb es geöffnet. Nun hatte ich meine Geburtstagsüberraschung für Kleopatra. Ich war happy!

Der große Tag war gekommen!

Ich stand vor der Wintergartentüre und wartete auf Kleopatra.

Schon kam sie die Treppe heraufgeeilt. Eva ließ sie ein, bückte sich und schüttelte ihr die Pfote zum Geburtstagsgruß. Dann kredenzte sie uns einen Heringssalat, den es noch nie gegeben hatte. Er schmeckte vorzüglich! Eva ahnte schon, dass wir einen Ausflug machen wollten. Sie öffnete die Türe und wünschte uns einen schönen Tag. Wir liefen zunächst zum Angelsee, wo schon einige Freunde vor Ort waren. Die meisten wussten, dass Kleopatra heute Geburtstag hatte. Othello schenkte ihr ein Stück von seinem Fisch, den er vorhin frisch gefangen hatte.

Gustav gab ihr einen herrlich schimmernden Stein, der

vom Flusswasser glatt geschliffen war.

Biri, eine stattliche Birmakatze schenkte ihr eine Margeritenblüte, die noch einsam auf einer Wiese gestanden hatte. Tomasso überreichte ihr eine winzig kleine zarte Maus, die er am Morgen gefangen hatte. Kleopatra bedankte sich bei allen vielmals. Sie aß ihre Geschenke auf und die Margerite und den schönen Stein versteckte sie in der Nähe der Hütte.

Wir machten uns auf den Weg in die Stadt.

Als wir das Naturkundemuseum umrundeten, sah ich am Eingang ein großes Schild stehen. Darauf stand: Heute bleibt das Naturkundemuseum wegen des Betriebsausflugs geschlossen. Vor Freude klatschte ich in meine Pfoten. Ich sagte: "Das ist ein Geschenk des Himmels! Wir müssen heute nicht bis zum Abend warten, um das Museum betreten zu können, sondern wir gehen gleich hinein, falls mein geheimer Eingang nicht verschlossen wurde.

Das Glück hielt an. Wir schlüpften durch das gekippte Fenster ins Innere und konnten uns ohne jegliche Störung alle Räume anschauen. Am meisten faszinierten Kleopatra die Laternenfische, welche Tiefseefische sind und wegen ihrer Leuchtorgane diesen schönen Namen bekommen haben. Kleopatra fragte mich:" Diese Fische sehen sehr interessant aus. Meinst du, dass sie essbar sind?"

Ich antwortete: "Ich glaube schon, probiere es doch aus! Ich glaube nicht, dass die Leute vom Museum die Fische gezählt haben. Es wird Ihnen bestimmt nicht auffallen, wenn einer fehlt." Kleopatra angelte den Größten, zog ihn heraus, biss ihm den Kopf ab und teilte den Fischkörper in zwei Hälften. Er schmeckte sehr lecker. Ich hatte meine Gourmetkenntnisse erweitert. Als wir alle interessanten Räume besichtigt hatten, kletterten wir zum Fenster wieder hinaus.

Wir waren zehn Schritte gelaufen, als ich scharf abbremste und wieder zurück lief. Ich hatte auf dem Boden ein kleines Paket gesehen, auf dem die Adresse eines Juweliers stand. Ich hatte die Hoffnung, dass sich heute an diesem Glückstag, auch noch mein anfänglicher Wunsch nach einer Kette für Kleopatra, erfüllen würde. Ich nahm das Paket zwischen meine Zähne, und wir liefen zu der nahegelegenen Grünanlage, wo wir uns unter einem Busch versteckten und versuchten das Paket zu öffnen. Wir mussten unsere scharfen Zähne einsetzen um den Karton zu zerreißen. Etwas glitzerte golden. Tatsächlich war es ein goldenes Damenarmband, das so groß war, dass ich es Kleopatra um den Hals legen konnte. Es war weder zu weit, dass es nach unten rutschen und sie beim Laufen behindern würde, noch zu eng, dass es ihr den Hals zuschnürte. Es passte so gut, als wäre es gerade für sie angefertigt worden. Sie sah damit aus wie eine Königin. Ich sagte zu ihr: "Ab jetzt werde ich " Ihro Gnaden" nur noch mit Königin Kleopatra ansprechen!"

Ich schwöre euch, Kleopatra wurde einen Zentimeter größer! Wir liefen beschwingt nach Hause und feierten bis Mitternacht mit Eva und Tom ihren Geburtstag.

Wie wir es meinem Freund Sam, dem russischen Wald-kater, versprochen hatten, marschierten wir am nächsten Samstag zu ihm in die Waldstadt.

Wieder lag er im Garten schlafend vor der Gartenhüt-te. Leise schlichen wir zu ihm und warteten, bis er auf-wachte. Er freute sich riesig uns wiederzusehen . Er sagte: "Das ist unglaublich! Gerade eben habe ich von euch geträumt. Wir machten zu dritt einen Ausflug zum Rhein und liefen durch den Hardtwald, bis wir schließlich in Eggenstein-Leopoldshafen vor der Fähre standen. Das Fährschiff legte gerade auf der badischen Seite an und ließ die Fahrzeuge, Motorräder und Fahr-räder von Bord fahren." Ich unterbrach Sam: „Eva und Tom kennen diesen freundlichen Mann und bei meinem Geburtstag hat er uns zusammen gesehen." Sam er-zählte seinen Traum weiter: „Dieser freundliche Mann winkte uns Drei zu und rief: "Kommt ruhig an Bord, wenn ihr die idyllische Pfalz kennenlernen wollt. Ich fahre euch auch wieder zurück, wenn ihr bis spätes-tens 18 Uhr auf meine Fähre kommt. Danach ist Feier-abend!" Pedro schaute Kleopatra fragend an. Sie sag-te: "Ich glaube, dass wir ihm vertrauen können. Ich schaue mir immer wahnsinnig gerne etwas Neues an. Lasst uns bitte mitfahren!"

Gesagt, getan!

Nach einer knappen Viertelstunde legten wir drei auf der Pfälzer Seite an und verließen den großzügigen Fährmann. Wir spazierten in südlicher Richtung. Nach einer halben Stunde sahen wir auf der badischen Seite ein Freibad, indem sich viele Kinder und Erwachsene tummelten. Sie rutschten auf einer Riesenrutsche über viele Kurven zurück ins Badebecken. Es gab aber auch ein großes Becken, in dem es so viele Wellen hatte wie im Meer. Es war am besten besucht.

Wir drei wanderten weiter. Ich merkte, dass ich älter war als ihr beide. Mein Tempo nahm ein wenig ab. Du fragtest mich: "Wird es dir zu weit, Sam? Sollen wir umkehren und zurückgehen?"

"Nein", antwortete ich, "gerne würde ich noch bis Neuburg laufen und diese Fähre sehen, die nach Neuburgweier übersetzt. Dann könnten wir auf der badischen Seite zurück laufen, falls uns dieser Fährmann auch gratis mitnehmen würde." Du antwortetest: "Das wäre eine gute Idee . Ein Rundkurs ist immer viel schöner, als die gleiche Strecke zurück zu laufen. Auf diesem Fährschiff arbeitet der Sohn von Hans, dem Fährmann von vorhin. Sicherlich nimmt er uns ebenfalls mit, denn er ist wie sein Vater ein Katzenfreund."

So marschierten wir weiter, bis wir das andere Fährschiff sahen. Wir mussten ein paar Minuten warten, bis es von der anderen Seite herüberkam. Der junge Mann war ebenfalls ein freundlicher Mensch. Er sah uns am Uferrand stehen und sagte: "Psssss psss, kommt doch her zu mir! Ihr dürft gerne mitfahren. Wenn ich heute Abend meinen Vater raten lasse, wer meine Gäste waren, wird er es niemals erraten, und, falls wir eine Wette machen, werde ich sie gewinnen." Wir betraten die Fähre, und ich merkte, dass mir die Pause von einer Viertelstunde sehr guttat. Bald waren wir auf der badischen Seite, wo direkt am Ufer ein einladendes Gasthaus mit einem großen Biergarten steht. Ich war schon einmal mit meinen russischen Freunden hier gewesen und wusste, wo ein Blechnapf mit Wasser für Hunde stand. Ich fragte euch, meine Freunde, ob ihr Durst hättet und führte euch zu dem Wassernapf. So gestärkt machten wir uns auf den Rückweg und liefen immer am Ufer entlang.

Schließlich standen wir wieder vor der Fähre in Eggenstein-Leopoldshafen. Der Fährmann schaute ganz verwundert, als er uns auf der badischen Seite sah. Er fragte uns: "Wie seid ihr denn herübergekommen, ich habe euch auf der Fähre gar nicht gesehen. Schaut, dass ihr schnell nach Hause kommt, denn in einer Stunde soll ein Sturm aufkommen."

Wir bedanken uns mit einem dreistimmigen Miau und machen uns schnellstens auf den Rückweg ."

Jetzt hatten wir Sams Erzählung über seinen Traum so lange zugehört, dass wir heute keinen gemeinsamen Ausflug mehr machen konnten. Allerdings vereinbarten wir für den kommenden Samstag, dass Sam zu uns nach Beef Home City kommen sollte. Wir hatten vor, ihm unserer Freunde vom Angelsee zu zeigen.

Am nächsten Samstag erschien um 11 Uhr Kleopatra und Sam um 11.30 Uhr an der Wintergartentüre. Eva und Tom saßen im Wintergarten und frühstücken. Wie üblich lasen sie die Tageszeitung. Tom sah Sam zuerst. Er öffnete ihm die Türe. Tom sagte: "Den Kater kenne ich doch. Ist das nicht dein alter Freund, mit dem du dich immer samstags getroffen hast?" Ich antwortete: "So ist es. Wir haben uns vor kurzem wiedergefunden. "Sam sagte: "Ich habe mich etwas verlaufen und bin in die falsche Straße eingebogen, denn es ist schon so lange her, dass ich dich das letzte Mal besucht habe.

Gleich machten wir uns auf den Weg Richtung Angelsee. Neben unserem Philosophenweg lagen drei parallele Gleise. Als ein ICE angesaust kam, erschrak Sam so sehr, dass er auf die nächste Wiese rannte, nur weg von dem schrecklich lauten Geräusch. Kleopatra und ich grinsten, denn wir waren diesen Radau gewöhnt, da wir diese Strecke schon x-mal gelaufen waren. Als wir am Angelsee ankamen, war schon ein halbes Dutzend unserer Freunde da. Alle begrüßten Sam freundlich, nur Charly schaute ihn lange an und sagte: "Ich glaube, dass wir uns schon einmal gesehen haben, aber es muss schon lange her sein."
Sam antwortete: "Du hast ein sehr gutes Gedächtnis, wir haben uns vor langen Jahren schon einmal gesehen, als mein Freund Pedro de la Selva noch lebte. Wir waren gemeinsam oft hier gewesen. Doch nachdem er

so brutal ermordet worden war, hatte ich meinen Lauf nicht mehr nach Beef Home City. Als ich nach seinem Tod noch einmal hier war, bedrückte mich diese Tatsache so sehr, dass ich tieftraurig wurde, denn ich hatte einen wahren Freund verloren. Doch es scheint mir ein richtiges Wunder, dass wir uns jetzt wieder sehen können. Somit ist bewiesen, dass uns die Katzengöttin Bastet tatsächlich mehrere Leben gewährt."

Charly forderte Sam auf zu berichten, wie er zu seinem jetzigen Leben gekommen ist. Sam erzählte: "Meine Eltern waren russische Waldkatzen, die in der Taiga lebten und sich dort ihr Futter in den Wäldern suchten. Sie zogen mich auf und lehrten mich, wie man Mäuse und andere kleine Nagetiere fängt. Doch ich hatte noch nicht sehr viel gelernt, als sie eines Abends beide nicht mehr zurückkehrten. Ich weinte vor Hunger. Ich machte mir die größten Sorgen und hoffte, dass sie nicht von Jägern erschossen worden waren. Doch als sie nach drei Tagen immer noch nicht zu mir zurückgekehrt waren, versuchte ich mir selbst eine Maus zu fangen. Es klappte nicht gut. Drei Mäuse konnten mir entwischen. Die vierte die ich endlich mit der Pfote am Schwanz festhalten konnte, war eine alte zähe Maus, welche nicht schmeckte, aber wenigstens den größten Hunger befriedigte.

Anschließend machte ich mich auf den Weg Richtung Süden, denn ich erinnerte mich, dass meine Eltern einmal gesagt hatten, dass im Süden reiche Bauern wohnen, welche Katzen dafür belohnen, wenn sie ihnen die Mäuse in den Kornkammern fingen. Nach drei Tagen stand ich tatsächlich vor einem schönen Bauernhof. Ich beobachtete ihn mehrere Stunden und schaute mir auch ihre Besitzer an. Der Mann war groß und stattlich. Er hatte Schwielen an den Händen, was sicherlich von der harten Arbeit kam. Ich sah, wie er in den Wald ging, und mit mehreren kleineren Baumstämmen nach Hause kam, welche er mit der Axt sogleich in kleinere Stücke hackte.

Seine Frau war kleiner wie er und ein wenig pummelig. Doch sie hatte rote Bäckchen und ein freundliches Gesicht. Ich getraute mich zu den Bauersleuten zu laufen und miaute kläglich. Sogleich lief die Frau in die Küche des Hauses und brachte mir ein Becherchen Milch. Ich stürzte mich darauf, da mein Magen laut knurrte. Die Frau sagte zu ihrem Mann: "Ivan, mein Lieber, schau mal, wie das arme Kätzchen Hunger hat. Es sieht fast verhungert aus. Bitte erlaube, dass es bei uns bleiben darf. In unserem Stall hat es so viele Mäuse, dass wir einen Kammerjäger brauchen könnten. "Ivan musterte mich und brummte: "Er bekommt eine Woche Probezeit, aber wenn er nicht jeden Tag eine Maus fängt, kann er wieder zurück in die Taiga gehen." Die Frau freute sich sehr! Ich mich natürlich auch. Die kommende Woche strengte ich mich beim Mäusefangen sehr an. Es gab nicht einen Tag, an dem ich nicht mindestens drei Mäuse gefangen hatte. „Mein Vertrag" wurde verlängert, und ich durfte bei Ihnen bleiben. Mir ging es sehr gut bei Ihnen, und die Frau hatte mich total in ihr Herz geschlossen.

Doch politische Wirren ließen den Mann daran zweifeln, ob es richtig wäre für immer in Russland zu bleiben. Er informierte sich im Internet über die Möglichkeiten nach Deutschland zu übersiedeln und stellte einen entsprechenden Antrag. Dieser wurde genehmigt und so entschloss er sich dazu, seinen Bauernhof zu verkaufen. So landeten wir alle drei in Karlsruhe. Wir lebten zunächst ein Vierteljahr in einer Wohnung, dann hatte Ivan das richtige Haus gefunden.

Niemand wollte das Haus kaufen, denn ursprünglich war im Garten ein Swimmingpool. Diesen Pool wollten die Besitzer im Herbst reinigen und stiegen die Treppe hinunter. Das Reinigungsmittel, das sie verwendeten, hatte die fatale Wirkung, dass sich das Gas auf dem Boden des Swimmingpools sammelte und nicht aufstieg und sich mit der Luft vermischte. So wurde der Mann ohnmächtig. Seine Frau sah ihn auf dem Boden des Pools liegen, wollte ihm helfen und stieg ebenfalls die Poolleiter nach unten. Es dauerte nicht lange, und sie wurde ebenfalls ohnmächtig.

Ihr Kater Emil stand am Beckenrand und merkte, dass etwas nicht stimmte. Er miaute, so laut er konnte. Doch bis die Nachbarn Emil hörten und herüber kamen, war es schon zu spät. Sie informierten die Feuerwehr, welche mit Schutzanzügen in den Swimmingpool stieg. Sie konnten nur noch die Leichen bergen. Das war der Grund, dass niemand dieses Todeshaus kaufen wollte. Ivan war nicht so zimperlich und ergatterte es für wenig Geld. Nur eine Bedingung stellte seine Frau. Ludmilla sagte: "Dieser Pool muss dem Erdboden gleichgemacht werden!" Ivan der stark und kräftig war, erfüllte ihr diesen Wunsch in drei Tagen. Er legte selbst Hand an und zerschmetterte den Beckenrand und die Wandung. Dann ließ er das Loch mit Erde auffüllen, und kein Mensch sah mehr, dass jemals ein Pool in diesem Garten gewesen war. Er begann damit, ein Gartenhaus aus dicken Bohlen zu bauen, in das er einen Kanonenofen einbaute. Ein Drittel der Hütte baute er zu einer Sauna aus, die anderen zwei Drittel möblierte er mit einer gemütlichen Sitzecke und einem Tisch. Sehr oft kommen russische Freunde vorbei, mit denen sie mehrere Saunadurchgänge machen. Danach sitzen sie an den Tisch, spielen Karten und trinken Wodka.

Zu mir sind sie immer sehr nett, und es geht mir gut bei ihnen. Auch ich wollte niemals mehr zurück nach Russland, denn es ist dort viel kälter wie hier, und ich trauere immer noch, wenn ich an meine Eltern denke.

So, jetzt wisst ihr alles über meinen Lebensweg!"

Nun war es in unserer Runde eine längere Zeit still. Jeder dachte darüber nach, was er gehört hatte. Wie schwierig musste für Sam das Leben in seiner Jugend gewesen sein, und welch einen langen Weg war er gegangen, um aus der russischen Taiga hier in Karlsruhe zu landen. Doch wie sagte schon der kluge Laotse: "Die längste Reise beginnt mit dem ersten Schritt!"
Sam räusperte sich zuerst und fragte Charly, wie sein Leben verlaufen wäre. Charly streckte sich, legte seine zwei Pfoten parallel zueinander und setzte sich hin. Er nahm eine entspannte Haltung ein und sagte: "Ich muss mir einen Moment überlegen, wo ich anfangen soll." Schließlich begann er zu schnurren und sagte: "Am einfachsten beginne ich mit meiner Geburt. Ich wurde in Spanien geboren und meine Eltern kannte ich nicht. Ich erinnere mich nur, dass ich in einer dunklen dreckigen Straßenecke lag und vor Hunger weinte. Eine große weiße Katze kam vorbei und schaute nach mir. Da sie vor ein paar Tagen zwei Kätzchen geboren hatte, hatte sie Mitleid mit mir und gab mir von ihrer Milch. Danach stupste sie mich an, dass ich aufstehen sollte. Mit wackligen Beinen und blind folgte ich ihr. Sie nahm mich mit zu ihrem Zuhause, wo zwei kleine Kätzchen sehnlichst auf sie warteten. Sie stürzten sich auf ihre Zitzen. Da sie mich vorhin damit versorgt hatte, hatte sie nur noch wenig Milch. Die zwei Kleinen begannen zu weinen. Doch sie waren gut genährt und konnten auf eine Mahlzeit verzichten ohne gleich zu verhungern. Sie kamen zu mir und beschnupperten mich. Schließlich wurden wir alle drei sehr müde und schliefen aneinander geschmiegt auf einem alten Kis-

sen ein. Als die Katzenmutter sah, wie gut wir uns vertrugen, begann sie vor Freude ebenfalls zu schnurren und schlief ein. Als wir am Abend aufwachten, hatte sie wieder genügend Milch um uns alle drei zu säugen. Nun kam auch der stolze Katzenpapa vorbei und brachte ihr Nahrung mit. Er hatte eine Maus und einen Hamster gefangen. Als sein Blick auf uns drei fiel, stutzte er. "Nanu, wo kommt denn das dritte Kind her?" fragte er.

Dolores, die Katzenmutter, zwinkerte ihm zu und sagte: "Wahrscheinlich hast du bei der Geburt nicht richtig gezählt, da du so aufgeregt warst." Jetzt legte er den Kopf schief und schaute sie entgeistert an. Er kam zu mir und beschnupperte mich. Er sagte: "Er riecht anders als ich und die anderen zwei Kinder. Ist das der Sohn von einem Liebhaber von dir?"

Fast hätten die beiden Streit bekommen, doch ich ging zu ihm und begrüßte ihn mit einem Nasenkuss. Diese Zärtlichkeit von mir gefiel ihm so gut, dass er die Angelegenheit auf sich beruhen ließ und weder Dolores noch mir weitere Vorwürfe machte. Auf diese Art und Weise war ich zu meinen Adoptiveltern gekommen. Allerdings leben fast alle Katzen in Spanien in ärmlichen Verhältnissen. Die meisten Spanier füttern ihre Katzen nicht, sondern sind der Meinung, dass sie sich selbst ernähren können. Für Katzen ist Deutschland im Vergleich zu Spanien ein Schlaraffenland! Ronaldo, Roberto und ich blieben in unserer ganzen Jugend zusammen.

Wir waren ein gefürchtetes Trio, da uns unser Vater in Kampftechniken ausbildete. Alle jugendlichen Katzen in unserem Viertel schauten zu uns auf. Als wir in die Pubertät kamen und begannen uns für Kätzinnen zu interessieren, gab es manch einen Rivalen, der mit Kratzern im Gesicht oder Bisswunden am Körper herum lief. Es war ein legendärer Spruch unter uns Jungen, dass manch einer den Verlierer fragte:"Hast du dich von den drei Rockern tätowieren lassen?"

Einmal war ich in den Abendstunden alleine am Meer, als eine Frau zu der Mauer kam, auf der ich saß. Sie streichelte mich und gab mir zu fressen. Das freute mich, doch der Schreck kam hinterher, denn sie schob mich in einen Katzenkorb. Schnellstens verschloss sie ihn. Trotz meines Zeter und Mordios ließ sie mich nicht mehr heraus. Am darauffolgenden Tag wurde ich mitsamt meines Korbs in einen LKW gestellt, in dem bereits 50 Leidensgenossen in ihren Käfigen gestapelt waren. Nach kurzer Zeit begann der Horrortrip. Wir fuhren in dem verschlossenen LKW ohne Licht über unendliche Straßen mit Schlaglöchern. Wir wussten nicht, wohin wir gebracht wurden. Einigen von uns war von dem Gerüttel übel geworden, und sie hatten in den Käfig gekotzt. Andere Katzen jammerten, weil sie Durst und Hunger hatten. Der Durst war das schlimmere Übel! Die Stunden, die wir in diesem Fahrzeug saßen, kamen uns vor wie Tage oder Jahre. Es war die Hölle! Als keiner von uns mehr an eine Rettung glaubte, hielt der LKW an und nach ein paar Minuten wurde die Ladefläche geöffnet. Wir wurden in unseren Katzenkörben in ein großes Haus getragen. Hinter dem Haus war ein riesiges Gehege, das umzäunt war. Nach und nach wurden meine Kollegen und ich dort freigelassen. Wir waren von der Fahrt gezeichnet und nachdem wir ein wenig von dem dargebotenen Futter gefressen und Wasser getrunken hatten, fielen wir in einen Ohnmacht ähnlichen Schlaf. Die meisten Katzen blieben einige Wochen dort. Immer wieder kamen Menschen, die uns anschauten und die Katze, die Ihnen am besten gefiel, mitnahmen.

Nach drei Wochen kam ein älteres Paar, das mich auswählte.

So kam ich nach Beef Home City, und ich muss sagen, dass ich mit meinem Leben zufrieden bin, denn die älteren Leute geben mir Futter und Wasser. Am meisten schätze ich jedoch, dass ich meine Freiheit behalten durfte. Ich kann kommen und gehen, wie ich will. Dadurch habe ich, liebe Freunde, euch gefunden. Ich finde es sehr schön, dass wir uns des öfteren treffen können. Wir können uns beraten oder Vergnügen miteinander haben.

Ich bin sicher, dass wir einander auch in gefährlichen Situationen helfen können. Deshalb, meine lieben Brüder und Schwestern, werde ich versuchen für euch einen riesigen Fisch zu fangen!

Nachdem Sam und Charly so Vieles aus ihrem spannenden und erlebnisreichen Leben erzählt hatten,
schauten einige Mitglieder unseres Clubs beeindruckt
auf die Helden, die sich getraut hatten, uns ihre Lebensgeschichte anzuvertrauen.

Viktor, der Clubvorsitzende, bedankte sich und sagte:
"Eines ist mir bei diesen zwei Berichten aufgefallen,
bei jedem wechselten sich unglückliche mit glücklichen
Zeiten ab. Stets war es ein Kampf, wieder auf die Son-
nenseite des Lebens zu kommen. Wir können dadurch
sehr viel für das Leben lernen. Es wäre schön, wenn
sich noch weitere Clubmitglieder durchringen könnten,
etwas von ihrem Lebensweg zu berichten."

Viktor schaute alle an und wartete ab. Ernesto stand
auf und sagte: "Mein Lebensweg ist kein Geheimnis.
Ich werde euch davon berichten: "Meine menschliche
Familie kommt aus dem schönen Portugal. An der Al-
garveküste hatte meine Familie große Olivengärten.
Diese waren sehr ertragreich und die kleine Familie,
die aus Vater, Mutter und dem fünfzehnjährigen Sohn
bestand, konnte gut davon leben. Doch von Jahr zu
Jahr bekamen die Olivenbäume Krankheiten und gingen nach dem Winter ein. Immer weniger verdiente Pablo, der Padrone.

Ich war seit zwei Jahren bei ihnen. Ich hatte es gut getroffen, denn die Familie war großzügig zu mir, und der
kleine Sohn Paolo liebte mich. Schließlich entschloss
sich Pablo dazu den Olivengarten und sein Haus zu
verkaufen, bevor alle Bäume abgestorben waren. Er
suchte nach einem Job in Deutschland, der mit Land-
wirtschaft zu tun hatte. Ein Landschaftsgärtner wurde

in Karlsruhe dringend gesucht und nach mehreren Telefonaten mit dem Chef des Unternehmens wurde Pablo einig, die Stelle anzunehmen. Der Chef war schon über 60 Jahre und sagte, dass Pablo, falls er ein fleißiger und talentierter Mitarbeiter wäre, seine Firma in ein paar Jahren übernehmen könne. Das war natürlich eine tolle Option für Pablo und seine Familie. Der Umzug stand an, und ich hatte wahnsinnig Angst, dass sie mich nicht mitnehmen würden, und ich alleine in Portugal hätte bleiben müssen. Doch alles wurde gut. Der Umzug ging recht schnell vonstatten, denn die Familie hatte nur wenige Möbel und Kleidungsstücke, welche in einen Miet-LKW von der Familie selbst eingeladen wurden. So landeten wir wie Charly zunächst in einer Wohnung, welche der Chef besorgt hatte. Nach wenigen Jahren nahm Pablo einen Kredit auf und kaufte seiner Familie ein kleines Haus in Beef Home City. Inzwischen ist der Chef von Pablo in den verdienten Ruhestand gegangen, und er hat ihm die Firma zu einem fairen Preis verkauft, weil er von seinem Wissen und seiner Leistung sehr angetan war. Meiner Familie geht es gut, und Paolo ist vor kurzem in die Firma eingestiegen und wird sie sicherlich mit dem gleichen Erfolg wie der Vater weiterführen.

Doch was meine Lebensfreude sehr getrübt hat, war der Tod meiner geliebten Leonore vor 3 Jahren. Sie wurde auf der Hauptstraße überfahren. Ich weiß bis heute nicht, ob es ein Unfall oder Absicht war. Nachdem Pedros Kleopatra neulich von dem Anschlag auf sich berichtet hat, als sie von dem Katzenmörder auf dem Gehweg fast überfahren worden wäre, geht mir

der Tod von Leonore immer wieder durch den Kopf. Sie war immer vorsichtig bei ihren Unternehmungen gewesen. Ich kann mir nicht vorstellen, dass sie aus Unachtsamkeit in ein Auto gerannt ist. Vielleicht war es auch in ihrem Fall der Katzenmörder von Beef Home City! Etwas Wichtiges fällt mir dazu ebenfalls noch ein, vor fünf bis sieben Jahren waren mehrere Suchmeldungen gleichzeitig an Straßenlaternen, in denen Katzenbesitzer um Hilfe bei der Suche nach ihren Lieblingen baten. In keinem anderen Ortsteil gab es mehr Hilferufe als in Beef Home City. Bitte achtet alle darauf, ob es immer noch so viele Suchmeldungen gibt!
Danke für euer Zuhören."

Viktor schaute seine Freunde vom Angelclub auffordernd an. Der Blick sollte bedeuten: „Möchte nicht noch jemand etwas berichten.

Tomasso grinste und sagte: "Bin ich hier in diesem Club eigentlich der einzige deutsche Kater? Ich komme aus der Hansestadt Hamburg. Deshalb bin ich auch der Spezialist für das Angeln und Segeln. Mit meinen menschlichen Freunden habe ich im letzten Sommer einen langen und gefährlichen Segeltörn gemacht. Wir segelten von Hamburg über die Elbe in die Nordsee. Von dort ging es weiter über den Ärmelkanal nach Portugal und durch den Atlantik nach Las Palmas auf Gran Canaria. Für diese Passage benötigten wir 17 Tage. Immerhin waren es 2100 Seemeilen, die wir bis zu den Kanarischen Inseln zurückgelegt hatten.

Auf der Insel machten wir Drei erst einmal ein paar Tage Urlaub. Thorsten und Tatjana mussten Proviant einkaufen, die Wasservorräte auffüllen und das Boot wurde eingehend auf Beschädigungen und den technischen Zustand überprüft.

Dann war der große Tag der Atlantiküberquerung gekommen. Ich hatte schrecklich Herzklopfen, als wir den Hafen von Las Palmas verließen und die Segel setzten. Unser Ziel war Key West. Nach den Berechnungen von Thorsten sollten wir diese circa 3000 Seemeilen in 25 Tagen schaffen. Es war alles sehr ruhig, und wir legten mit ordentlich Wind jeden Tag eine immense Strecke zurück. Unsere ständigen Begleiter waren Delphine, welche uns Back- und Steuerbord flankierten. Sie wollten spielen und hüpften manchmal meterhoch aus dem Wasser. Nur gelegentlich schauten sie etwas verdutzt, wenn sie mich sahen. Wahrscheinlich dachten sie, ich wäre ein geschrumpfter Tiger.

Wir hatten unser Ziel fast schon erreicht, als wir circa 500 Meilen vor der amerikanischen Küste in einen schweren Seesturm kamen. Die Wellen waren haushoch und meine zwei Skipper, Thorsten und Tatjana, mussten schwer kämpfen, dass ihre Yacht nicht in Seenot geriet. Während der ganzen stürmischen Zeit war ich mit ihnen am Heck und sprach ihnen Mut zu. Ich versteckte mich nicht in der Kajüte, wie es eventuell andere getan hätten. Allerdings musste ich eine Rettungsweste und eine Lifeline tragen, denn ein Rettungsmanöver wäre bei diesem Sturm nicht möglich gewesen. Endlich hatten wir die stürmische See hinter uns und kamen in ruhigere Gewässer. Wir legten nach einigen Wochen im Hafen von Key West an und schauten uns das bunte und lebensfrohe Städtchen an. Nirgendwo auf der Welt wird das Leben mehr genossen als dort. Abends versammeln sich die Touristen und die Einheimischen am Hafen, wo man den Sonnenuntergang am schönsten sehen kann. Es finden sich Jongleure und andere Künstler ein, die singen, tanzen und sportliche Übungen vorführen. Meist spielen Livebands karibische Musik, und es herrscht eine sagenhafte Stimmung. Wenn die Sonne im Meer verschwunden ist, klatschen alle. Die kleine Feiergemeinde löst sich auf und marschiert zu den nächsten Sehenswürdigkeiten.

Es gibt keinen katzenbegeisterten Touristen, der nicht zum Hemingway Haus geht. Dort leben noch heute die berühmten daktylischen Katzen, welche sechs statt fünf Zehen haben. Wir verbrachten dort zehn wunderschöne Tage und bereiteten auf dem Grill der Yacht Grillfisch zu, aber nur, falls ich einen gefangen hatte. So bekam ich einige Übung. Unsere Rückfahrt nach Hamburg war angenehmer, da wir in keinen Sturm kamen. Herrlich war wieder, als ein ganzer Schwarm Delfine unseren Weg kreuzte. Fast wäre ein Delphin an Bord gesprungen. Im letzten Moment konnte er sich durch eine Drehung zurück ins Wasser retten. Ganz verwundert war ich über einen Schwarm fliegender Fische, die ziemlich tief flogen. Ich versuchte einen zu erhaschen und wäre dabei fast ins Meer gefallen. Ich landete auf der Reling und konnte mich festhalten. Schwimmübungen wollte ich in diesem Meer mit seinen unruhigen Wellen mit Sicherheit nicht machen, denn wir hatten auch in einiger Entfernung einen Schwarm Haie gesehen. Nach 7 Wochen waren wir zurück in Hamburg, und als wir wieder an Land gingen, liefen wir so schwankend wie ein Seemann, der zu viel Alkohol getrunken hat. Der Grund war das Innenohr, das für das Gleichgewicht sorgt. Durch die ständigen Wellen hatte sich das Gleichgewichtsgefühl umgestellt. Als wir wieder festen Boden unter den Füßen hatten, waren wir einerseits froh, aber auf der anderen Seite bedauerten wir auch, dass wir nun keine Abenteuer mehr erleben konnten.

Zwischenzeitlich mussten meine zwei menschlichen Freunde nach Karlsruhe ziehen, da sie dort zwei sehr gute berufliche Angebote bekommen hatten.

Ihr seht, dass ich schon einiges von der Welt gesehen habe. Doch auch hier in Beef Home City fühle ich mich wohl und bin glücklich, weil ich so nette Freunde im Angelclub kennengelernt habe. Anders als viele Menschen möchte ich nicht nur die große weite Welt sehen, sondern fühle mich auch der hiesigen Scholle verbunden. Deshalb lasst uns das Leben genießen und Freud und Leid gemeinsam teilen. Das nächste große Fest findet ja bekanntlich bei Pedro im März statt, wo wir das Ende des Katzenmörders feiern werden. Aber zum übernächsten Fest möchte ich euch alle zu meinen Hamburgern einladen. Sie machen die tollsten Hamburger mit Fisch, und ihr werdet Bauklötze staunen, wie gut sie schmecken.

Nachdem unser Hamburger uns eine weitere Party in Aussicht gestellt hatte, gab es einen frenetischen Jubel.

Wieder drehte Viktor den Kopf und blickte auffordernd in unsere Runde. Ich dachte: "Jetzt sucht er noch einen, der über sein Leben berichtet." Doch ich erkannte, dass er selbst über sein Leben bisher extrem wenig preisgegeben hatte.

Ich sagte : "Eine Lebensgeschichte fehlt noch! Weißt du, welche?"

Ich merkte, dass er nervös wurde. Er fragte mich: "Wie meinst du das?" Ich grinste und sagte: "Über dein eigenes Leben hast du noch nie einen Satz gesagt!"Jetzt war er dran! Er hustete etwas und überlegte, wie viel er preisgeben sollte. Dann begann er: "Ich wurde in der Pfalz geboren. Meine Eltern waren sehr streng mit mir. Schon als ich ganz klein war, musste ich gehorchen. Wenn ich das nicht tat, bekam ich meines Vaters Pfote zu spüren oder meine Essensration wurde halbiert. Mein Vater verlangte von mir, dass ich ihn jeden Tag bei seinen Touren begleitete. Wir liefen jeden Tag mindestens drei Kilometer in schnellem Tempo. In den Pausen, die wir dazwischen einlegten, wurden sportliche Übungen gemacht, z.B. das Hoch-und Herunterklettern von Bäumen, das Springen über dicke Baumstämme und das Balancieren auf Ästen, Mauern oder Balkonen. Er war durchtrainiert wie Arnold Schwarzenegger und Hauptmann des geheimen „Felidae Corps." Deshalb musste ich kurz nach meiner Pubertät das Ausbildungslager im Elsass in Katzenthal besuchen, wo alle angehenden Kadetten in Kampfsport und Theorie ausgebildet wurden. Wer sich in der Kampfszene etwas auskennt, weiß, dass dort auch der berühmte "Kamika-ter"* ausgebildet wurde. Er war mein bester Freund! Kamikater hat seine sehr harten Lebenserfahrungen mithilfe einer Freundin in einem Buch festgehalten.

*Kim Walter: Kamikater, Katzenthriller
Verlag Twentysix, Oktober 2019

Doch mehr will ich heute nicht über ihn berichten, denn jeder, der daran interessiert ist, kann sich das Buch kaufen und selbst lesen. Mein Leben ging so weiter, dass ich mich im Geheimen Felidae Corps immer weiter nach oben arbeitete, bis ich General wurde. Inzwischen habe ich aus Altersgründen aufgehört, biete aber viermal im Jahr freiwillige Kurse für Kampfsportbegeisterte an, was sehr großes Interesse findet. Wenn ihr, meine Freunde vom Angelclub, daran Interesse habt, mache ich auch gerne einmal einen Kurs für euch. Ich muss aber gleich dazu sagen, der Kurs ist nichts für Couchpotatoes!

Trotzdem applaudierten die meisten von uns, nur die älteren Herren hielten sich zurück!

Viele ehrliche Worte hatten wir heute gehört über die teils extrem schwierigen Lebenswege meiner Freunde. Ich schaute nachdenklich noch einmal zu jedem, der einen Beitrag abgeliefert hatte. Da fiel mir auf, dass sich Othello im Schatten eines Baumes versteckt hatte. Da er immer große Gesten und noch größere Reden schwang, sprach ich ihn vor allen Freunden an, ob nicht auch er uns etwas zu berichten hätte. Da er schlecht davonlaufen konnte, kam er aus dem Schatten heraus und näherte sich extrem langsam unserer Gruppe. Ich war zwar nicht davon überzeugt, dass er lügen würde, aber sicherlich konnte man nicht alles glauben. Er begann mit seiner Geburt: "Ich wurde am 13. Februar in Venedig geboren. Venedig, Florenz und Rom sind die interessantesten Städte des Karnevals. Es werden Tierkämpfe, Herculesspiele und Feuerwerke vorgeführt. Die Idee zum Karneval ist an den spätmittelalterlichen Fürstenhöfen entstanden. Sie geht zurück auf die Saturnalien der Antike und wurden im Jahr 1094 zum ersten Mal erwähnt. Die Blütezeit des Karnevals endete im Jahr 1797, als Napoleon die Selbständigkeit der Markusregion aufhob. 1815 wurde das Verbot des Maskentragens wieder aufgehoben, und im 19. Jahrhundert lebte der Karneval als privates Fest von Künstlern wieder auf. Im Jahr 1866 vereinigte sich Venedig mit Italien und die Tradition des Karnevals wurde gestärkt. Eine nachhaltige Wiederbelebung erlebte der Karneval durch Federico Fellini mit dem Film " Casanova", der 1996 gedreht wurde. In diesem Film haben sich die Maskenbildner übertroffen und eine neue Welle des Karnevals nach Venedig gebracht. Die aufwendigen Maskeraden gelten inzwischen als Touristenattraktion.

Meine Eltern lebten bei einem Straßenmusikanten, der täglich in den Gassen von Venedig den Touristen melancholische Lieder vorspielte.

Ich hatte eine schöne Jugend, denn meine Eltern als auch der Straßenmusikant Luigi waren sehr fürsorglich und zärtlich zu mir. Meine Eltern brachten mir, nachdem ich etwas älter war, einige ihrer Kunststücke bei. Ich hatte Freude daran und übte viel. Schließlich war ich so gut, dass ich mitmachen durfte. Da ich noch jung war, wirkte ich etwas unerfahren und die Leute, welche dem Straßenmusikanten zuhörten und später einige Münzen in den Hut warfen, waren von mir ganz begeistert. Die Einnahmen verdoppelten sich!

Eines Tages kamen zwei hübsche junge Mädchen vorbei, die Urlaub in Venedig machten. Sie fanden den Straßenmusikanten Luigi sehr nett und ließen sich von ihm in ein Gespräch verwickeln. Luigi bot den Mädchen an, ihnen das abendliche Venedig zu zeigen und lud sie in eine Pizzeria ein, wo es nach seinen Angaben die besten italienischen Gerichte gab. Es wurde ein lustiger Abend, und Margot verliebte sich in ihn. Ihre Freundin Monika bemerkte gleich, dass zwischen ihnen eine knisternde Spannung entstand. Das störte sie nicht, denn Monika stand auf einen anderen Typ von Männern. In den nächsten Tagen ging Margot des öfteren mit Luigi alleine aus.

Als der Urlaub der Mädchen zu Ende ging, versprach Luigi Margot, sie in Meersburg am Bodensee, wo sie eine kleine Wohnung hatte, zu besuchen. Schon nach vier Wochen stand er vor ihrer Türe mitsamt seiner Gitarre und seiner Klarinette, mir, dem jungen Kater Othello, und meinen Eltern. Margot ließ uns herein, und sie umarmten sich. Nun wohnte Luigi bei Margot, die ihn stets morgens um acht Uhr verließ, da sie als Sekretärin in einem Büro arbeitete. Luigi machte in dem Touristenort Meersburg das Gleiche, das er in Venedig getan hatte. Er zog durch die Gassen und spielte den Touristen seine melancholische Musik vor, während wir Katzen artistische Darbietungen boten. So konnte er etwas Geld zu Margots Unterhaltskosten beisteuern. Die Beziehung lief sehr gut bis Margot schwanger wurde.

Luigi war ein ewig Reisender, und es zog ihn fort in andere Städte und Länder. Eines Abends, als Margot aus dem Büro nach Hause kam, war er weg samt seines Gepäcks und uns Katzen. Es war ein Schock für Margot. Doch es musste weitergehen. Sie arbeitete weiterhin jeden Tag im Büro, bis sie in Schwangerschaftsurlaub gehen konnte. Nach der Geburt gab sie das Kind tagsüber in Pflege und arbeitete wieder. Schließlich bekam sie ein berufliches Angebot von einer Firma aus Karlsruhe, welche ihr für die halbe Zeit das gleiche Gehalt bot, so dass sie sich mehr um ihr kleines Mädchen kümmern konnte. Sie nahm den Job an und zog um. Sie hatte vor dem Umzug einen Nachsendeantrag gestellt, und so erreichte sie nach einigen Wochen ein Brief von Luigi, der sie um Vergebung bat, dass er sie verlassen hatte. In großen Worten gestand er ihr seine Liebe und bat sie um ein Wiedersehen.

Obwohl sich Margot vorgenommen hatte, diesen untreuen Fremdgänger niemals wieder eine Chance zu geben, schmolzen ihre Grundsätze dahin wie Schnee in der Sonne. Sie schrieb ihm zurück, dass er die nächste Woche kommen könne, da sie eine Woche Urlaub hätte. Pünktlich um 8 Uhr stand er vor der Türe und hatte einen riesigen roten Rosenstrauß dabei. Zuerst schaute er sein Töchterchen an und war sehr liebevoll zu ihr. Margot verliebte sich erneut in ihn, und er blieb nicht nur eine Woche, sondern nachdem Margots Urlaub vorbei war, blieb er weiterhin bei ihr samt uns drei Katzen und seiner Musikinstrumente. Er bot ihr an, sich morgens um die kleine Susi, seine Tochter, zu kümmern, wenn Margot im Büro war. Erst nachmittags, wenn sie wieder zu Hause war, drehte er seine musikalischen Runden durch die Stadt. Ich, der ehemals kleine Kater, war inzwischen der sportliche Hauptakteur, da meine Eltern alt und müde geworden waren. Auch in dieser Stadt verdiente Luigi ein gutes Zubrot. Als ein halbes Jahr vergangen war, merkte Margot, dass er wieder unruhig wurde. Sie spürte, dass die Stunde seines Aufbruchs näher rückte. Tatsächlich kam sie eine Woche später mittags vom Büro nach Hause, und alles, was sie fand, war ein Brief, in dem er sich entschuldigte, dass er weg musste, weil sein Vater im Sterben läge.

Margot glaubte das nicht, denn sie kannte sein ausgeprägtes „Reisefieber." Doch dieses Mal hatte er nicht alles mitgenommen, denn uns drei Katzen hatte er ihr gelassen. Nun hatte ich große Angst, dass Margot meine Eltern und mich in einem Tierheim abgeben werde. Doch Margot hatte einen guten Charakter, und wir durften bei ihr bleiben. So landete ich in Beef Home City, wo ich nach einigen Ausflügen euren Katzenstammtisch entdeckte. Ich bin sehr froh darüber!

Ich hatte mein Morgenschläfchen gerade beendet, als Kleopatra die Treppe hoch gerannt kam. Sie hechelte, als hätte sie an einem 1000 Meter Lauf teilgenommen. Ich rief laut miauend Eva herbei, dass sie ihr die Türe öffnen solle. Ich fragte: "Was ist passiert, liebe Kleopatra? Du bist ja völlig außer Puste." Sie antwortete: "Ich bin heute nicht über die Felder gekommen, da es ein wenig nieselt. Ich lief auf dem Gehweg der Sackgasse, als ein Auto angerast kam. Der Fahrer fuhr mit Absicht auf den an dieser Stelle abgesenkten Bürgersteig und versuchte mich zu überfahren.

Nur ein Sprung in einen Vorgarten konnte mich retten. Ich sah sein Hass verzerrtes Gesicht. Es war der Katzenmörder!"

Ich sagte: "Das ist ja unglaublich, dass er sich das getraut hat. Haben Leute in der Straße sein Manöver beobachtet?" "Nein", antwortete Kleopatra, "aber falls dies jemand gesehen hätte, bezweifle ich, dass sie sich für eine Katze eingesetzt hätten und gegen diesen Kerl Anzeige erstattet hätten." "Leider muss ich dir Recht geben", erwiderte ich. "Höchstwahrscheinlich hat er mitbekommen, dass du öfters zu Eva und Tom kommst und denkt, dass du ihre neue Katze bist. So darfst du nicht mehr zu mir laufen. Nimm lieber den etwas längeren Umweg. Mich kann er ja nicht sehen. Es wäre gut, wenn du auch unsichtbar wärst. Wir werden in Zukunft auch nicht mehr den langen Garten von Eva und Tom betreten. Entweder nehmen wir den Weg hinter dem Gartenhäuschen, der 150 Meter von seinem Garten entfernt ist und schleichen uns hinter den Bäumen und Büschen bis zum Philosophenweg. Mir fällt noch eine zweite Lösung ein, die aber ein wenig schwer ist. Du könntest auf meinen Rücken sitzen, und ich würde dich bis zu unserem Weg tragen, denn alles, was ich berühre, wird unsichtbar. Aber das weißt du schon." Jetzt wurde Kleopatra von Gelächter geschüttelt: "Das ist aber eine nette Idee! Du willst mein Körpergewicht 100 Meter bis zum Ausgang schleppen. Da bist du schon am Tor so müde, dass du wieder zurück möchtest. Ich glaube, dass dein erster Vorschlag der Bessere ist. Aber herzlichen Dank für dein Angebot. Ich habe mich so darüber amüsiert, dass der lähmende Schreck, der in meinen Knochen saß, glücklicherweise wieder vorbei ist.

Lass uns gemeinsam noch ein wenig ausruhen, bevor wir unseren Ausflug machen. Nachher nehmen wir den Weg über das Gartenhäuschen."

Dieser hinterhältige Anschlag auf meine unschuldige Freundin führte mir die Niedertracht und das Aggressionspotential dieses Psychopathen vor Augen. Er hatte also nicht nur mich persönlich in meinem früheren Leben gehasst, sondern er hätte am liebsten alle Katzen der Welt umgebracht. Mehrere Nächte lag ich schlaflos im Bett und sinnte auf Rache. Alle Streiche, die mir einfielen, waren zu harmlos. Leider hatte ich keine Brüder, die mir helfen konnten. Am liebsten hätte ich einen Bruder mit dem Namen "Smith" gehabt und einen mit dem Namen "Wesson".

Aber ich dachte, dass ein harmloser Streich besser wäre als gar keiner. Was ist der Alte gar nicht leiden konnte, waren Geschehnisse, die den Ekel erregten. Da es am nächsten Morgen leicht nieselte, ging ich in den Garten und suchte Regenwürmer. Nachdem ich ein Dutzend zusammen hatte, versteckte ich sie unter meiner Eibe. Ich ging ins obere Büro und beobachtete die Küche. Die polnische Pflegekraft rührte in einem großen Topf mit dem Kochlöffel herum, dann gab sie Rotwein zur Soße. Daraus schloss ich, dass sie ein deftiges Gulasch zubereitete. Die Muppetfrau saß auf einem Stuhl am Tisch und redete auf sie ein. Nach einer Weile verließ die Alte die Küche. Die polnische Pflegekraft stellte den Gulaschtopf auf den Tisch. Da der Topf sehr heiß war, nahm sie den Deckel ab und hoffte, dass er etwas abkühlen würde. Dann ging sie auf die Terrasse und rauchte eine Zigarette. Jetzt war meine Stunde gekommen! Ich rannte zu meiner Eibe, schnappte die Regenwürmer, sprang auf den Bürosims, raste in die Küche, sprang auf den Tisch und warf die Regenwürmer in den Gulaschtopf. Ich blieb noch einen Moment auf dem Tisch stehen und schaute, was passierte. Tatsächlich sanken sie nach unten und waren nicht mehr zu sehen. Ich wünschte einen „guten Appetit" und verkrümelte mich. Dann ging alles hopplahopp. Ich rannte zurück zum Haus, wurde herein gelassen, sauste miauend die Treppe ins Büro hoch, so dass Eva wusste, dass sie mir folgen sollte und sprang auf meinen Beobachtungsposten.

Es dauerte keine fünf Minuten, bis alle beim Mittagessen saßen. Während die Pflegekraft noch das Essen verteilte, hatte der Alte schon einen Teil seines Gulaschs verschlungen. Plötzlich sah er auf dem Teller seiner Frau einen Regenwurm und spuckte den Inhalt seines Mundes mitten auf den Tisch. Er sprang auf und rief: "Was ist das für ein Scheißfraß, kocht man so in Polen?"Die Frau wehrte sich gegen diese barschen Worte und beschuldigte die Alte, das getan zu haben, während sie nur wenige Minuten auf der Terrasse gestanden und eine Zigarette geraucht hatte.

Wieder entstand der größte Krach unter den drei Personen, der damit endete , dass die Pflegekraft die Treppe zu ihrer Wohnung hoch rannte.

Doch kein Taxi erschien!

5: Der Zufall schlägt am härtesten zu

Am nächsten Tag saß Kleopatra einige Minuten früher vor der Wintergartentüre. Sie hechelte nach Luft, und ich miaute sehr laut, damit Eva aus der Küche kommen sollte, ihr die Türe öffnen und nachschauen sollte, was mit ihr los sei. "Kleopatra, was ist denn mit dir los?", fragte Eva.
Kleopatra berichtete: "Ihr werdet es mir nicht glauben, was passierte, nachdem ich Anna verlassen hatte, und mich auf den Weg hierher begeben hatte. Ich war etwa 100 Meter entfernt, als ich hinter mir einen großen Krach hörte. Eine Autotüre flog durch die Luft und krachte laut auf die Straße. Der Katzenmörder war in der 30er Zone mit 80 Kilometer auf dem Weg zum Bäcker unterwegs, als ein Autofahrer, der rechts auf einem eingezeichneten Parkstreifen stand, aussteigen wollte. Er hatte seine Türe einige Zentimeter geöffnet und drehte sich gerade nach hinten, um den Verkehr zu beobachten, als der Mercedes so knapp und schnell vorbei fuhr, dass er die Türe des parkenden Fahrzeugs abriss. Nach einigen Schrecksekunden rief der Fahrer des parkenden Autos mit seinem Handy die Polizei an, die einige Minuten später eintraf. Es wurden Fotos gemacht und die Unfallspuren mit Kreide auf der Straße eingezeichnet und vermessen. Der Katzenmörder beschuldigte den anderen Fahrer mit lauter und aggressiver Stimme den Unfall aus Unachtsamkeit herbeige-

führt zu haben. Der parkende Autofahrer erwähnte die völlig unangepasste Geschwindigkeit. Die Polizei versicherte ihm, dass sie diese über die Bremsspuren ermitteln könnten. Doch dann entdeckten sie den fehlenden Stempel auf dem Kennzeichen. Ihr Ton gegenüber dem Alten wurde unfreundlicher, und sie ließen das Auto sicherstellen. Sie forderten ihn weiterhin dazu auf, ihm seinen Führerschein und den Ausweis zu zeigen. Er sagte, dass er nur auf dem Weg zum Bäcker gewesen sei und seine Papiere zu Hause wären. Da fuhren sie ihn nach Hause, und er musste ihnen Zutritt gewähren. Deshalb bin ich so schnell hinterher gerannt, wie ich konnte, um zu sehen, was noch mit ihm passiert. Wenn ihr zur Straße hinausschaut, könnt ihr das Polizeiauto sogar noch sehen."

Eva und ich liefen ins Büro und tatsächlich, in der Einfahrt stand noch das Polizeifahrzeug. Die Beamten verließen gerade das Haus. Ein Beamter hatte den Führerschein des Alten in seiner Hand.

Wir gingen wieder nach unten und Eva berichtete Tom, was wir gesehen hatten. Tom meinte: "Die Bäckerfahrten werden die nächsten Wochen wahrscheinlich ausfallen. Entweder gibt es Bäckerspaziergänge oder keine Backwaren mehr! Wie seltsam die Wege des Schicksals sind!

Schon um 4:45 Uhr weckte ich Eva und Tom, fraß einige Brekkies im Schlafzimmer und ließ mich nach unten bringen, um das Haus über den Wintergarten zu verlassen.

Mein üblicher Morgenspaziergang begann. Ich spürte dass der heutige Sonntag ein schöner sonniger Tag werden würde, denn es war sehr wenig Feuchtigkeit in der Luft. Wie erwartet begann kurz vor acht Uhr die Sonne zu scheinen. Nachdem ich einige Mäuselöcher inspiziert hatte, kehrte ich für mein Frühstück nach Hause zurück. "Würde mir Eva heute wieder diese delikate Mischung aus Lachs und Thunfisch reichen?" überlegte ich. Kurz nach 8 Uhr erschienen beide im Wintergarten und öffneten mir die Türe. Tatsächlich bekam ich meinen Wunsch erfüllt. Eva schaute mich erstaunt an, als ich mich vor die Flurtüre setzte und in das 1. Obergeschoss wollte. Sie begleitete mich sogar hoch und schaute, ob sich nebenan etwas ereignet hat. Ich ging ins Büro und sprang auf den Fenstersims, von welchem ich einen ausgezeichneten Blick auf das Nachbarhaus habe. "Aha", sagte Eva, "da ist jemand neugierig, was der böse Nachbar heute macht!"

Genau so war es! Ich wollte wissen, ob er zu Fuß zum Bäcker gehen würde. Doch eine halbe Stunde passierte erst einmal gar nichts. Dann sah ich wie sich die Pflegerin alleine auf den Weg machte. Ich wunderte mich, dass der Alte die Gelegenheit verstreichen ließ, mit ihr gemeinsam die Zeit zu verbringen. Vielleicht befürchtete er, dass seine Ehefrau ihm dann auf die Schliche kommen würde. Es würde mich nicht wundern, wenn er mit der Pflegerin gemeinsam schon einen Plan entwickelt hätte, sich seiner Frau zu entledigen. Die Pflegerin wäre höchstwahrscheinlich nicht abgeneigt, den "Lottogewinn" zu übernehmen, denn so hatte sich der Alte bei einem Dreiergespräch selbst bezeichnet.

Nach einer halben Stunde kam die Pflegerin mit einer großen Bäckertüte zurück. Da sie jetzt höchstwahrscheinlich eine Stunde beim Frühstück saßen, konnte ich meinen Beobachtungsposten verlassen und legte mich zu einem Morgenschläfchen in den Wintergarten.

Ein zartes Klopfen weckte mich. Ich riss die Augen auf und schaute zuerst auf die Uhr. Ich war erstaunt, dass es schon 11:15 Uhr war, und mein zweiter Blick ging zur Türe, wo Kleopatra saß.

"Was dachte sie wohl von mir? Pedro scheint heute etwas müde zu sein, oder ist er immer so verschlafen?" mutmaßte ich.

In dem Moment kam Eva in den Wintergarten und ließ sie herein. Eva gab uns einige Brekkies, und anschließend machten wir einen Ausflug. Da wir unser weiteres Vorgehen gegen den Katzenmörder besprechen wollten, gingen wir über das Gartenhäuschen den versteckten Weg zum Philosophenweg entlang und anschließend zu unserem See. Da keine Freunde von uns da waren, kuschelten wir uns vor die Angelhütte, welche den Wind abhielt, und so die wärmenden Strahlen der Sonne verdoppelte.

Kleopatra fragte mich: "Wie geht es jetzt wohl mit dem Katzenmörder weiter?" Ich antwortete: "Ich vermute, dass die Polizei seine Geschwindigkeit ermitteln kann, und er wegen des Unfalls seinen Führerschein nicht zurück bekommt. Falls ja, müsste er eine MPU Prüfung

machen, welche er höchstwahrscheinlich nicht beste-
hen würde. Wir sollten ihn genau beobachten, denn er
hat sich schon immer über Verbote hinweg gesetzt,
und falls er sein Auto reparieren lässt und wieder zur
Verfügung hat, würde es mich nicht wundern, wenn er
ohne Führerschein fährt. Ansonsten könnten wir uns
außer der Beobachtung eine schöne Woche machen,
so wie neulich, als wir so viel erlebt haben.
Während wir in der Sonne dösten, kam einer unserer
Angelfreunde vorbei.
Es war Charly, der uns eine Geschichte über Mohrle er-
zählte.
Merkwürdigerweise wusste dieser immer vor allen anderen, wo es eine Beißerei oder größere Kämpfe gegeben hatte. Selbst war er bei Streitereien nie beteiligt,
man sah ihn nicht einmal mit einem zerfetzten Fell
oder anderen Spuren von Gewalt.
Doch, wenn es irgendwo gratis gutes Futter gab, dann
war er der Erste, der dort erschien. Ob es Partys, Ge-
burtstagsfeiern, Unfälle oder Zufälle waren, Mohrle war
der Erste. Über ihn wurde einiges gemunkelt. Ein Kater
hatte einmal davon berichtet, dass er mit einem Krimi-
nalkommissar zusammen gewohnt hätte, der vor einigen Jahren verstorben war. Dieser Mann hätte ihm alles beigebracht, was Ermittlungsarbeit anging.
Es gab sogar Vermutungen, dass er früher in seiner Jugend als Spion oder Agent gearbeitet hätte. Zu der
Zeit, als es noch zwei deutsche Staaten gab, die BRD
und die DDR, hätte er es als einziger geschafft von Ost
nach West und zurück zu gehen, ohne von den Scharf-
schützen an der Ostberliner Mauer angeschossen zu

werden.

Die Freunde vom Angelclub hatten auch schon gemerkt, dass er sich so schnell unsichtbar machen konnte wie ein Zauberkünstler. Doch er war immer sehr jovial uns gegenüber, denn er verständigte stets alle von guten Gelegenheiten!

Charly berichtete weiter, dass ihn sein Freund Mohrle eben besucht und ihm etwas sehr Interessantes berichtet hatte. Er sagte: "Im Industriegebiet Hagsfeld ist ein Tierfuttergeschäft. Das wurde eben von einem LKW mit Tierfutter beliefert. Beim Entladen fiel ein riesiges Paket mit Feinschmeckernahrung für Katzen auf den Boden, und der Karton platzte auf, so dass sich dieses Edelfutter im Hof des Geschäfts verteilte. Mohrle und sein Freund haben sich natürlich gleich darauf gestürzt. Nachdem sie so viel gegessen hatten, dass der Bauch schmerzte, sind sie gleich zu mir und unseren anderen Angelfreunden gelaufen, damit wir uns auch in dieses Vergnügen stürzen können. Falls ihr zwei Zeit habt, kommt doch mit mir. Es wird noch genügend da sein, auch wenn sich der Unfall wie ein Lauffeuer herumgesprochen hat."

Das ließen wir uns nicht zweimal sagen, sofort standen wir auf den Beinen, und eilten mit Charly nach Hagsfeld. Es waren gut zwei Dutzend Katzen vor Ort. Etwa die Hälfte waren Freunde von unserem Angelclub, die anderen wussten von dem Ereignis über ihre Freunde. Wir stürzten uns ins Vergnügen und Kleopatra, die immer sehr auf ihre gute Figur achtete, hörte früher auf zu essen als wir!

Nach diesem Festmahl gingen wir alle gemeinsam zurück zum See, wo wir uns noch einige Stunden unterhielten und Späße machten.

Kleopatra begleitete mich nach Hause und Eva ließ uns herein. Sie brachte uns ein Schälchen Thunfisch, doch weder Kleopatra noch ich rührten es an, was Eva sehr verwunderte. "Haben die Herrschaften heute schon anderswo gespeist?", fragte sie verwundert. Wir antworteten: "Miau, miau!"und schon wusste Eva, wo der Hase im Pfeffer lag!

Für das Wochenende war Kaiserwetter vorhergesagt und tatsächlich verabschiedete sich der Oktober mit herrlicher Sonne und Wärme. Ich sagte zu Kleopatra: "Diese zwei Tage sollten wir intensiv nutzen, denn dann ist es mit der Wärme und der Sonne für lange Tage vorbei. Von meinen Ausflügen, die ich am Anfang allein unternommen hatte, wusste ich, wo es die dicksten und zartesten Mäuse gab. Ich war einmal in östlicher Richtung durch einen moorigen Wald gelaufen, welcher mit vielen kleinen Bächen durchzogen war. Danach war ich dem kleinen Feldweg gefolgt, den Korn- und Maisfelder säumten. Schließlich stand ich vor einem Reiterhof, der mein Interesse weckte. Ich umrundete die Reithalle und den Stall. Ich schaute ins Innere und meine Pupillen vergrößerten sich um das Dreifache. Fette Mäuse rannten zwischen den Pferden und der Futterkammer hin und her. Ich wunderte mich, dass sie bei diesem Gewicht noch so rennen konnten. Zack! Ich sprang über das niedrige Eingangstor und jagte die fetteste Maus. Es war eine Kleinigkeit sie zu fangen. Sie schmeckte wunderbar zart, es war das zarteste Fleisch, das ich jemals gegessen hatte.

"Das kommt sicherlich von dem nahrhaften Pferdefutter!" sagte ich mir. "Dieser Ort wäre doch sicherlich einen Ausflug wert, und Kleopatra, welche ebenfalls wie ich ein kleiner Feinschmecker war, würde dahinschmelzen."

Ich schlug ihr für den Samstag den Reiterhof als Ausflugsziel vor. Wir mussten allerdings eine viel befahrene und gefährliche Straße überqueren, bis wir in den kleinen morastigen Wald kamen. Wir meisterten die

Straße gut, und Kleopatra war von dem dschungelarti-
gen Wäldchen begeistert. Sie steckte gerade ihre rechte Vorderpfote in ein großes Mauseloch, als ich mich
umdrehte und nach ihr schaute. Als ich meinen Kopf
zurückdrehte und den großen Busch betrachtete, der
direkt vor mir stand, erschrak ich zu Tode. Eine riesige,
grüne Schlange schaute aus dem Busch in der Höhe
von einem Meter zu mir. Sie hatte riesige Augen mit
runden Pupillen. Ich überlegte mir, was dies für eine
Schlange sein könnte, und ob sie angriffslustig und giftig wäre. Ich bewegte mich nicht von der Stelle und
flüsterte zu Kleopatra, was mich zum Fürchten gebracht hatte. Sofort zog Kleopatra ihre Tatze aus dem
Mauseloch, näherte sich mir in gebührendem Abstand
und betrachtete die Schlange. Sie sagte: "Pedro, du
brauchst keine Angst zu haben. Diese Schlange ist eine
Äskulapnatter. Sie ist nicht giftig, denn sie ist eine Wür-
geschlange, welche ihrer Beutetiere durch Umschlin-
gen erdrückt. Sie hat den gleichen Geschmack wie wir
Katzen, denn sie frisst Mäuse und Ratten. Allerdings
kann sie bis zu 30 Jahre alt werden und ausgewachsen
hat sie eine Länge von zwei Metern. Sie darf nur deinem Hals nicht zu nahe kommen, dass sie dich nicht
erwürgen kann. Doch schließlich hast du die schärfsten
Zähne und Krallen, und wenn sie tatsächlich auf dich
los ginge, solltest du mit einem Biss ihren Kopf abbei-
ßen. Doch bleibe ruhig, denn üblicherweise ist sie nicht
angriffslustig, es sei denn, es geht um ihre Brut.
Ich staunte, wie viel Kleopatra über Schlangen wusste.
Ich fragte: "Wie soll ich mich am besten verhalten?"
Sie sagte: "Ziehe dich ganz langsam zurück, gehe

rückwärts und behalte sie genau im Auge. Ich tat wie geheißen, und hatte bald einen Sicherheitsabstand zu ihr. Wir setzten unseren Weg fort, doch die ersten paar Schritte waren meine Beine noch etwas wackelig. Schließlich standen wir vor dem Reiterhof. Glücklicherweise war wenig Reitbetrieb, und wir konnten im Stall unbelästigt unserem Hobby, der Mäusejagd, nachgehen. Wir machten so viel Beute, dass wir sicherlich Eva und Tom wieder unglücklich machten, da wir ihr Abendessen leider ablehnen mussten. Doch Eva lachte nur und sagte: "Haben meine zwei Freunde eine neue Feinschmeckerquelle entdeckt?"

Meinen menschlichen Freunden ging es nicht anders wie mir, auch sie wollten die letzten schönen Tage des Herbstes ausnützen.

Sie fuhren mit ihrem neuen eleganten Nostalgiewagen in die nahe gelegenen Erholungsgebiete und besuchten ihre zahlreichen Freunde. Oft war es schon dunkel geworden, bis sie endlich heim kamen, und ich miaute laut und böse mit ihnen, dass sie so spät kamen, denn ohne Sonne wurde es sehr schnell kalt. Tom ließ Eva stets vor der Garage aussteigen, und mir fiel auf, dass sie stehen blieb und zum Bürofenster des Nachbarhauses blickte. Dann ging sie wieder einen Schritt vor und blieb erneut stehen. Ein drittes Mal geschah genau der gleiche Vorgang. Ich konnte mir nicht vorstellen, was der Grund für dieses Verhalten war. Ich war so darüber erstaunt, dass ich vergessen hatte, böse zu miauen. Doch als ich endlich mein Futter bekommen hatte, Tom die Garage abgeschlossen hatte, und beide bei einem Schorlito im Wohnzimmer saßen, spitzte ich die Ohren. Eva berichtete Tom, was der Grund für ihr seltsames Verhalten gewesen war. Sie sagte: "Gerade als ich durch die Garage gehen wollte, sah ich, dass sich die Alte im Nachbarhaus hinter dem Fenster versteckt hatte. Sie blickte neugierig herüber. Ich ging wieder einen Schritt weiter, und sie versteckte sich näher zur Wand. Das machte sie dreimal. Zu diesem Erlebnis fällt mir ein älteres Ereignis ein, wie sie sich vor 30 Jahren verhalten hat. Damals war die Pferdeweide noch nicht umzäunt, und jeder konnte über die Wiese laufen und kam bis zum Zaun unseres Gartens.

Einmal war der Sohn dieser Frau im Garten, und sie ging hinaus auf den Weg und lief auf die Höhe unseres Grundstückes. Sie sah, dass ich im Freien arbeitete, und sie traute sich die 100 Meter durch das Gras zu laufen, um sich direkt vor mir aufzubauen und ihre Neugierde, wie es bei uns aussieht, zu befriedigen. Da mich dieses Verhalten sehr ärgerte, blieb ich auf der obersten Stufe der Treppe stehen und schaute ihr direkt in die Augen ohne nur einmal zu blinzeln. Mein starrer Blick verunsicherte sie so sehr, dass sie laut schrie: "Sohn, komm mir schnell zu Hilfe, die Frau schaut mich an wie eine Hexe!"

Der Sohn kam angerannt und zerrte sie mit sich. Er sagte: "Mutter. komm mit und sei ruhig! Was hast du an ihrem Zaun zu suchen?"

Das hat sie niemals mehr gemacht, und ich glaube, dass die Alte selbst heute noch Angst vor meinen Augen hat. Denn meine Augen sind nicht nur zum sehen da. Sie zeigen mir die Gedanken der Menschen und ihre Absichten wie in einem Zauberspiegel. Die Alte hat sozusagen in ihre eigene Seele geblickt. Deshalb stand ihr die Angst im Gesicht! "Tom lachte und sagte: "Möglich ist alles. Vielleicht ist sie aber auch nur dement oder verrückt oder beides."

Da musste ich herzlich schmunzeln, aber diese Geschichte ging mir lange Zeit nicht mehr aus dem Kopf. Immer, wenn ich nachts aufwachte, dachte ich darüber nach und fragte mich, ob Eva bei unserem ersten Kontakt in meine Seele hatte schauen können. Vielleicht hatte sie gleich gewusst, dass wir Freunde für immer werden.

Eines wusste ich aber genau. Mit ihrem Freund und späteren Mann, Tom, musste es ähnlich gewesen sein. Sie hatte schon einmal darüber gesprochen, aber ich hatte mir nicht alles merken können. Ich dachte weiter darüber nach, welche Vor- und Nachteile diese Gabe mit sich bringen würde. Meine Fantasie schlug Saltos, und ich konnte die halbe Nacht nicht mehr schlafen, weil ich mir diverse Abenteuer ausdachte, und wie mir diese Eigenschaft dabei nutzen könnte. Als der Morgen graute, war ich richtig müde geworden und hätte gerne noch ein paar Stunden geschlafen. Doch die beiden waren schon aufgewacht und sprachen über den heutigen Tag. Eva ging zuerst ins Bad, und Tom machte die Betten. Müde schlich ich hinter ihnen her die Treppe hinunter, doch als ich das Geräusch des Kühlschranks vernahm, wurde ich richtig munter. Nach einem guten Frühstück schläft es sich nämlich noch viel besser als mit einem leeren Magen. Als ich danach zu meinem Sessel im Wintergarten ging, dachte ich bis zum Einschlafen noch länger über diese Gabe nach. Ich hatte mich zu etwas Besonderem entschlossen: "Sollte Bastet mir ein weiteres Leben gewähren, so wollte ich ein Mensch sein, der hellsehen kann!!!"

An einem der nächsten Morgen lag ich nach einem hervorragenden Frühstück im Wintergarten auf meinem Lieblingssessel und träumte von wunderbaren Leckereien, welche auf silbernen Schalen vor meinem Sessel standen. Ich wollte gar nicht aufwachen, sondern weiter träumen, aber ein lästiges Klopfen an der Wintergartentüre ließ mich das Reich der Träume verlassen. Vor der Tür stand Tomasso. Er war ganz aufgeregt, sein imposanter Schwanz wedelte wie der Scheibenwischer eines Autos von rechts nach links. Auch Eva hörte das Geklopfe und kam in den Wintergarten geeilt. Sie öffnete ihm die Türe, und er lief schnell vor meinen Stuhl. Keuchend berichtete er mir: "Stell dir vor, was passiert ist! Wenn man nach Durlach zur Reithalle geht, läuft man doch ein kleines Stück an der Autobahn A5 entlang. Dort sind mehrere. LKW's ineinander gekracht. Die meisten sind schwer beschädigt. Bei einem sind die hinteren Türen aufgesprungen, und die Ladung ist hinter die Leitplanken gekippt. Rate mal, was er geladen hat. Er hat lauter Fischspezialitäten an Bord. Jeder von uns hat mehrere Freunde informiert, und wir treffen uns alle an dieser Stelle kurz vor den Kleingärten. Steh auf Pedro und informiere deinen nächsten Freund, und dann eilt ihr zu dieser Stelle. Ich gehe jetzt noch zu Othello. Wir treffen uns dort!" So schnell war ich noch nie von meinem Schlafsessel herunter gesprungen. Sofort rannte ich zu Kleopatra und berichtete ihr, was passiert war. Dann nahmen wir den kürzesten Weg zur Autobahn. Als wir durch das kleine morastige Wäldchen gegangen waren, sahen wir schon von weitem, dass mindestens drei Dutzend Katzen vor Ort waren. Sie wühlten in den Fischkisten und zogen sich die besten und liebsten Stücke heraus. Die meisten aßen mehr, als ihnen gut tat. Da rief ich: "Halt, liebe Freunde, haltet ein, sonst habt ihr heute Abend alle Bauchschmerzen. Ganz in der Nähe ist ein Wasserloch, wo wir einen Großteil der Fische lagern können, denn das Wasser ist sehr kalt und hat die Funktion eines Kühlschranks. Lasst uns die Fische dorthin tragen, und wir können noch drei Tage weiter feiern." Mein Vorschlag wurde mit Jubel aufgenommen und ausgeführt. Einige Kater kamen zu mir und bedankten sich für die gute Idee. Ein Kater namens Gustav sagte zu mir: "Du bist ein schlauer Typ, demnächst sind Vorstandswahlen für den Katzenclub, du solltest dich bewerben!"

Nachdem wir das Wasserloch fast bis oben gefüllt hatten, verließen Kleopatra und ich unsere Freunde und begaben uns zum Wintergarten von Eva und Tom, wo wir uns gemeinsam auf meinen Lieblingssessel legten. Eva hatte nichts dagegen. Wir mussten uns schließlich wegen des anstrengenden Transports der Fische ausruhen. Aber ich glaube, das viele Essen hatte uns noch müder gemacht.

Am nächsten Morgen trafen wir uns wieder alle am Wasserloch in dem kleinen Wäldchen. Der Fisch war gut gekühlt und schmeckte heute fast noch besser als am Vortag, denn wir aßen weniger hektisch als gestern direkt neben der Autobahn, wo viele Lastkraftwägen und Autos direkt neben uns entlang gerast waren.

Gustav kam auf mich zu und sagte: "Pedro, hast du dir überlegt, ob du für den Vorstandsposten im Katzenclub kandidieren willst?"

Ich antwortete ihm: "Ich habe die halbe Nacht darüber nachgedacht. Ich danke dir für das Angebot, das du mir gemacht hast und mich für fähig hältst, diesen Posten zu übernehmen. Aber es gibt ein Problem zeitlicher Art, denn ich habe vor, ein Buch über mein Leben zu schreiben. Meine menschliche Freundin Eva hat mir ihre Hilfe zugesagt. Ich berichte ihr meine Abenteuer, und sie schreibt sie für mich auf, bringt sie in Buchform und sucht einen Verlag. Außerdem will ich auch noch etwas Zeit für Kleopatra haben, denn ich mag sie sehr."

Gustav zeigte sich sehr verständnisvoll und nahm meine Entscheidung an. Er sagte: "Ich verstehe dich, mach dir keine Sorgen, wir finden jemand anderen."

Nachdem alle gut gesättigt waren, liefen wir zum Angelsee, wo wir noch einige Stunden gemütlich beisammen saßen, uns unterhielten und Witze rissen. Anschließend spazierten Kleopatra und ich nach Hause, und sie blieb noch eine Stunde bei mir.

Am nächsten Tag stand Kleopatra um 11 Uhr wieder vor der Wintergartentüre, und wir liefen wie gestern zum Wasserloch. Wir hatten beide fast nichts gefrühstückt, weil wir davon ausgingen, dass unser "Kühlschrank" noch gut gefüllt war.

Als wir uns dem Wasserloch näherten, sahen wir schon von weitem, dass irgendetwas nicht stimmte. Unsere Katzenfreunde standen um das Wasserloch und schauten betrübt darauf. Als wir bei ihnen waren, erfuhren wir, was geschehen war. Irgendjemand war bei Nacht dort gewesen und hatte unseren gesamten Fischvorrat gestohlen. Wir diskutierten, wer das wohl gewesen sein könnte, und unsere Mägen knurrten dazu. Plötzlich sah ich in weiter Entfernung ein Tier, das interessiert in unsere Richtung blickte. Ich machte meine Freunde darauf aufmerksam, und einer schrie: "Das ist eine Wasserratte, sie und ihre Verwandten haben uns bestimmt unsere Fische gestohlen. Schnell, wir verfolgen sie und werden sie für den Diebstahl ordentlich vermöbeln."

Wie eine Kompanie Soldaten rannten wir der Ratte nach.

Doch auch sie war nicht langsam. Es war fast wie in einem Thriller, wenn der Agent seinen Gegenspieler verfolgt und eine wilde Auto- oder Motorradjagd auf den Straßen einer amerikanischen Großstadt stattfindet.

Wir waren ihr schon einiges näher gekommen, als sie ängstlich zu uns nach hinten blickte. Da geschah etwas, das uns zum Lachen brachte. Dadurch, dass sie sich umgedreht hatte, hatte sie den dicken Baumstamm vor ihr nicht gesehen. Sie krachte mit dem Kopf gegen den harten Stamm und fiel ohnmächtig nach hinten. Wir näherten ihr uns vorsichtig, und ich prüfte zuerst, ob sie tatsächlich eine Ohnmacht erlitten hatte, oder sie uns diesen Zustand nur vorspielte. Denn die Bisse der Ratten können uns Katzen das Leben kosten. Doch sie war tatsächlich im Reich der Träume. Wir standen eine ganze Weile vor ihr und debattierten, was wir mit ihr machen sollten. Schließlich meinte die Mehrheit, dass die Ratte schon genug gestraft sei. Sie würde mit schrecklichen Kopfschmerzen aufwachen. Deshalb ließen wir sie liegen und marschierten zu unserem Angelsee, wo wir versuchten, für ein gemeinsames Frühstück einige Frischfische zu angeln. Das Glück war uns holt und entschädigte uns für den Verlust des "Kühlschrankfisches"!

Mit dem Monat November verbinden wir Katzen und sensible Menschen wabernde Nebelschwaden, Regen, Wind, kahle Bäume, triste Tage und dunkle Nächte. Tatsächlich drehte sich das Wetter um 180 Grad, denn der Oktober hatte uns mit einigen schönen und warmen Tagen beschert. Bei starkem Regen saßen Kleopatra und ich entweder im schützenden Carport oder auf der Fensterbank im Büro, wo man den Katzenmörder seine Ehefrau und deren Pflegerin in der Küche wunderbar beobachten konnte.

Ich sah wie sich die Pflegerin auf den Weg zum Bäcker machte. Wegen des Regens hatte sie einen Schirm dabei. Ich wusste, dass sie zu Fuß etwa eine halbe Stunde brauchte. Fünf Minuten früher verließ ich Kleopatra auf der Fensterbank und bat sie, die Straße genau im Auge zu behalten.

Ich versteckte mich unter einer kleinen Eibe, damit ich kein nasses Fell bekam. Glücklicherweise kam die Pflegerin genau nach einer halben Stunde, anscheinend hatte sie mit der Bäckersfrau nicht lange geschwatzt. Der Wind hätte ihr fast den Regenschirm umgedreht, als ich an ihr hoch sprang und die Bäckerstüte aus Papier mit meinen scharfen Krallen zerriss. Das ging sehr leicht, denn der Regen hatte sie schon etwas aufgeweicht. Die ganzen schönen Backwaren plumpsten in eine dreckige Regenpfütze. Sie bückte sich schnell und verstaute einige in ihren Manteltaschen, die ganz durchweichten Brötchen ließ sie liegen. Dann rannte sie zur Haustüre. Der Alte hatte sie bei diesem Vorfall beobachtet. Er stand mit hochrotem Kopf an der Türe und beleidigte sie auf das Übelste. Schließlich stieß sie ihn vom Eingang weg. Sie rannte die Treppe hoch und war den ganzen Tag nicht mehr zu sehen.

Mit vor Stolz geschwellter Brust ging ich zurück zu meinem Haus und dachte daran, dass dies leider niemand sehen konnte, da ich noch immer unsichtbar war. Ich lief die Treppe hoch zu Kleopatra und sprang erneut auf das Fensterbrett.

Sie hatte die ganze Szene beobachtet und lobte mich: „Du bist ein richtiges Genie! Wir sollten eine Wette abschließen, ob diese Pflegerin auch das Weite sucht."

„Diese Wette nehme ich an", antwortete ich, „wir wetten um zwei Mäuse. Ich sage, dass sie bleibt!" " Niemals!" antwortete Kleopatra", die Wette gilt!"

Wir verabredeten, dass die Wette nach drei Tagen entschieden war, wenn sie noch immer da war.

Ich gewann, denn ich hatte die Taktik der Pflegerin, den Alten zu heiraten, in meine Wette mit eingeschlossen.

Eine Woche später kam mit lautem Tatütata ein Krankenwagen in unsere Straße gerast. Kleopatra und ich saßen wieder gerade auf dem Fensterbrett, da das Wetter immer noch grausig war. "Wir machen wieder eine Wette, wohin der Krankenwagen fährt", schlug Kleopatra vor, welche ihre verlorene Wette bezüglich des Auszugs der Pflegerin gleich am nächsten Tag beglichen hatte und mir zwei junge zarte Mäuschen gebracht hatte.

„Top, das gilt, bei gleichem Einsatz sage ich, dass der Krankenwagen zum Katzenmörder fährt!"

Kleopatra antwortete: "Er fährt zu dessen Nachbarin,

welche fast das gleiche Alter hat wie er, sie war vor acht Wochen schon einmal im Krankenhaus." Wir beobachteten den Krankenwagen und tatsächlich hielt er dort, wie ich es vorher gesagt hatte. Kleopatra ärgerte sich und sagte: "Ich glaube fast, dass du hellsehen kannst!"

Ein Notarzt ging ins Haus, kam aber schon nach wenigen Minuten wieder heraus, stieg in den Krankenwagen, und sie fuhren davon. Wir zwei schauten uns an, denn wir wussten nicht, was das zu bedeuten hatte. Wir waren sehr neugierig und hielten uns den ganzen Nachmittag in der Nähe der Straße auf, so dass wir bei jedem Autogeräusch, das sich den Häusern am Ende der Straße näherte, vorlaufen und nachschauen konnten. Es dämmerte schon der Abend, als sich eine schwarze Limousine dem Nachbarhaus näherte. Es war ein Leichenwagen. Der Fahrer der Limousine und sein Beifahrer gingen zum Haus und klingelten. Sie wurden eingelassen und blieben etwa eine halbe Stunde. Dann brachten sie die Ehefrau im Sarg heraus, denn der Alte und die Pflegerin liefen neben ihnen her.

"Wow", sagte Kleopatra, jetzt haben sie es getan!" Wir gingen ins Untergeschoss und berichten Eva und Tom unsere Beobachtung. Auch sie hielten unseren Verdacht für möglich. Wir baten sie, der Kripo diese Vermutung zu schildern, allerdings ohne unsere Namen zu nennen, denn sonst hätten die Beamten sie für verrückt gehalten, dass sie dem Geschwätz von zwei Katzen Glauben schenkten. Vier Wochen vergingen ohne Merkwürdigkeiten. Wir konnten vom Fensterbrett nur sehen, dass sich der Alte und die Pflegerin immer näher kamen und sogar in der Küche küssten.

An einem grauen nebligen Montag kam wieder Leben in die Straße. Ein Mannschaftsbus der Polizei erschien und sechs Beamte rannten zum Haus des Nachbarn. Sie klingelten, doch nichts tat sich. Niemand öffnete die Haustüre. Schließlich ließen sie einen Schlosser kommen, der das Schloss aufbrach. Erstaunlicherweise war das Haus leer, in keinem Zimmer befand sich eine Person. Die Beamten durchsuchten jedes Zimmer, den Speicher und den Keller, doch die „verbrecherischen Vögel" waren ausgeflogen. Die Polizei wusste nicht, wo sie waren. Nur wir zwei Katzen wussten es, denn wir hatten gesehen, wie die Zwei nach dem ersten Läuten in den Garten gerannt waren, wo meist das zweite Auto des Alten, ein Geländewagen, stand. Missmutig kamen die Beamten und der Schlosser wieder aus dem Haus und fuhren weg. Am nächsten und übernächsten Tag kamen die Beamten erneut, doch die beiden waren nicht zurückgekehrt. Nun wurden sie zur Fahndung ausgeschrieben.

Etwa eine Woche später erschien nochmals ein Mannschaftswagen der Polizei. Sie hatten Spaten, Hacken und Schaufeln dabei und machten sich daran systematisch das Gartengelände mitsamt der vielen Hühnerställe und Gartenhütten zu untersuchen. Sie zogen desinfizierte Plastikkleidung über ihre Uniformen und trugen Mundschutz. Als vier Leute die Hühnerställe betraten, eilten zwei Polizisten zu Ihrem Fahrzeug und brachten große Plastiktüten mit. Anscheinend waren die armen Hühner, die weder Wasser noch Futter bekommen hatten, gestorben. Mehrere prall gefüllte Plas-

tiksäcke wurden auf dem Gehweg vor dem Haus aufgehäuft. Danach machten sich die Polizisten an die
Durchsuchung der zwei Gartenhütten. Kleopatra und
ich liefen versteckt hinter der großen Lorbeerhecke in
den Garten und lauschten, was sie sagten.

Sie hatten anscheinend ein Metallsuchgerät dabei,
denn der eine Beamte sagte: "Wir müssen den Boden
der Gartenhütte herausreißen, denn unter ihm ist etwas Metallisches versteckt. Anschließend hörte man
das Brechen von Holzbrettern und die Beamten warfen
die Bretter vor die Hütte und schaufelten die Erde heraus. Schließlich schleppten sie eine große Metallkiste
heraus, die sie versuchten zu öffnen. Schließlich gelang ihnen das mit brachialer Gewalt. Sie fanden ein
Dutzend Jagdwaffen und mehrere Revolver. Ein Beamter rief: "Die Kripo hat vor ein paar Jahren bei dem Kerl
schon einmal 60 Waffen kassiert. Er bekam damals ein
Verfahren an den Hals und musste einen vierstelligen
Betrag berappen. Ich erinnere mich noch genau an den
Fall, denn ich war damals bei der Sicherstellung dabei.
Insgeheim ging ich aber schon damals davon aus, dass
wir nicht alle Verstecke ausgehoben hatten. Jetzt forde-
re ich ein Spezialfahrzeug für die Abholung der Waffen
und der toten Hühner an. "Kleopatra und ich gingen
zurück zum Haus, Eva ließ uns wieder herein und wir
zwei rannten die Treppe hoch, um wieder unseren Beobachtungsposten einzunehmen. Wir waren stolz darauf, was wir alles erfahren hatten.

Drei bis vier Wochen später sahen wir am Abend Licht
im Nachbarhaus. Kleopatra und ich saßen im Büro auf
dem Fensterbrett und beobachteten intensiv das Haus.

Plötzlich sahen wir die Pflegerin durch das Wohnzimmer laufen. Wir starrten sicherlich eine Viertelstunde hinüber und wollten herausfinden, ob der Alte ebenfalls zurückgekehrt war. Doch entweder hielt er sich versteckt, oder die Pflegerin war alleine zurückgekommen. Um 22 Uhr ging das Licht aus, höchstwahrscheinlich hatte sie sich zu Bett begeben.

Am nächsten Morgen um 8 Uhr kam ein Mannschaftswagen der Polizei vorgefahren, und ein Polizist klingelte an der Haustüre. Die Pflegerin öffnete, und führte die Beamten ins Wohnzimmer.

Dort zeigte sie den Beamten eine Urkunde, es war der Nachweis des Standesamtes, dass sie den Alten geheiratet hatte. So hatte sie sich das Wohnrecht, als auch die deutsche Staatsbürgerschaft gesichert. Als Ehefrau musste sie keine Angaben über den Verbleib ihres Gatten machen. Die Polizisten durchsuchten nochmals das ganze Haus als auch den Garten mitsamt aller Hütten und Hühnerställe, doch sie fanden ihn nicht.

Zwischenzeitlich waren die Gutachten zur Todesursache der Ehefrau beendet, sie war mit DDT vergiftet worden. In der Waffenkiste, welche die Polizisten unter der Gartenhütte ausgegraben hatten, waren ebenfalls Spuren dieses Giftes gefunden worden. Deshalb ging die Polizei davon aus, dass der Alte seine Ehefrau umgebracht hatte, um die polnische Pflegerin heiraten zu können. Ein internationaler Haftbefehl wurde ausgestellt und an Interpol versandt, welcher die weltweiten Fahndungsmaßnahmen einleitete.

Inzwischen erschien Kleopatra jeden Morgen pünktlich vor der Wintergartentüre, egal wie schrecklich das

Wetter war. Sie war neugierig, wie die Beziehung vom Mörder und der Pflegerin weitergehen würde. Es stürmte und regnete oft, dass wir für einen Ausflug wenig Lust hatten. Da wir fühlten, dass im Nachbarhaus bald etwas passieren würde, gingen wir meist die Treppe hoch und setzten uns auf das Fensterbrett, von wo aus wir das Haus exzellent beobachten konnten.

Nach einigen Tagen kam die Pflegerin plötzlich mit einem Auto angefahren. Es war nicht neu, sondern sah aus wie ein Gebrauchtwagen, der eher wenig Geld gekostet hatte. Dadurch war es viel schwieriger geworden, die Wege der Frau zu verfolgen. Von nun an fuhr sie jeden Morgen gegen 11 Uhr dreißig Uhr mit dem Auto weg und kam erst zwischen 17 Uhr und 18 Uhr zurück. Wir waren überzeugt davon, dass sie den Katzenmörder besuchte, der sich irgendwo versteckt hielt. Da wir zwei nicht so schnell hinter dem Auto hinterherrennen konnten, berichteten wir Eva und Tom unsere Beobachtungen. Eva bot sich sofort als Chauffeur an, denn beide waren ebenso neugierig wie wir, wo sich der Alte versteckte.

So saßen wir am nächsten Morgen um diese Uhrzeit bereits in unserem Fahrzeug und warteten darauf, dass die Nachbargarage aufgehen würde und die Pflegerin davonfuhr. Wir ließen noch einige Sekunden verstreichen, dann rasten wir hinterher. Sie fuhr auf die Nordtangente, die vierspurig ausgebaut war. Anschließend nahm sie die Ausfahrt zur B3 und fuhr ostwärts Richtung Grötzingen, Weingarten und Untergrombach. Schließlich fuhr sie in ein kleines Sträßchen, das den Berg hinauf führte. An der höchsten Stelle war ein grie-

chisches Lokal, vor dem sie das Auto auf dem Parkplatz abstellte. Kleopatra blieb mit Eva und Tom im
Auto. Sie warteten, ob sich der Alte nähern würde. Ich
stieg aus, umrundete das Restaurant, sprang auf das
Fensterbrett und schaute hinein, ob der Alte vielleicht
schon im Lokal saß und auf sie wartete. Da ich für alle
unsichtbar war, konnte ich mich völlig frei bewegen.
Ich wartete noch 10 Minuten und observierte besonders den Eingangsbereich.

Tatsächlich kam er nach wenigen Minuten ins Lokal. Er
wirkte weder gebrochen noch verängstigt. Im Gegenteil, er lief rasch zu seiner neuen Ehefrau und küsste
sie. Dann bestellten sie sich in aller Seelenruhe etwas
zum Essen und Trinken. Ich verließ meinen Beobachtungsposten und ging wieder zum Auto um mit allen
zu besprechen, ob wir ihn weiterhin beobachten sollten, um sein Versteck herauszufinden, oder ob wir die
Polizei benachrichtigen sollten. Die Mehrheit von uns
wollte lieber Geduld walten lassen und das Versteck
enttarnen. Sobald die beiden aus dem Lokal heraus kamen, sollte ich, der Unsichtbare, ihn oder beide verfolgen. Der Alte war extrem vorsichtig, permanent drehte
er sich um und schaute, ob er verfolgt würde. Auf dem
Parkplatz trennte er sich von seiner Frau, die in den
Gebrauchtwagen einstieg und sicherlich wieder nach
Hause fuhr. Er lief etwa einen Kilometer in östlicher
Richtung, wo massive Gartenhäuser mit dicken Block-
bohlen, Strom- und Wasseranschluss in schönen großen Gärten lagen. In einem von ihnen verschwand er.
Ich merkte mir genau, wo das Grundstück war und
zählte auf dem Rückweg meine Schritte, um es ganz

genau wiederfinden zu können.

Inzwischen war es meinen Freunden kalt geworden, und sie freuten sich, als ich zurückkam. Wir fuhren gemeinsam nach Hause und hielten nach dem Auto der Pflegerin Ausschau. Es stand vor der Garage, und nun wussten wir , wohin sie jeden Tag fuhr.

Am nächsten Morgen war es kalt und grau, ein typisches Novemberwetter. Trotzdem stand Kleopatra schon um 9 Uhr vor der Wintergartentüre. Sie freute sich, dass Eva so schnell die Türe öffnete, und sie ins Warme durfte. Tom sagte: "Es wäre das Beste, wenn ich gleich bei der Kripo anrufen würde und berichte, dass wir das Versteck des international gesuchten Verbrechers zufällig entdeckt haben. Nicht, dass er sich ein neues Versteck sucht, und der Polizei und unserer Rache entkommt."

Gesagt, getan!

Vier Mannschaftsbusse machten sich auf den Weg nach Untergrombach zum Michaelsberg.

Es gab einen Sportwagen, der noch schneller dort war als die Polizei, denn Tom, der Rennfahrer, hatte uns flott gemacht, dass wir schnellstens zum Auto kamen. Er wollte die Verhaftung mit eigenen Augen sehen. Kaum hatte er rückwärts vor dem Lokal eingeparkt, kamen die Polizisten angefahren. Sie hatten die Sirenen am Ortseingang abgestellt, nicht dass der Verbrecher auf die Idee kam, zu fliehen. Die Polizisten rissen die Autotüren auf und marschierten mit schnellen Schritten zu dem Grundstück. Sie umstellten es von allen vier Seiten, dann rückte ein Stoßtrupp mit gezogenen Pistolen vor die Hütte. Sie hatten Spezialwerkzeug dabei und hebelten die Türe auf. Dann durchsuchten sie die drei Zimmer, doch sie fanden den Mörder nicht. Er war verschwunden. Enttäuscht liefen die Polizisten zurück. Tom stieg aus und gab sich als Zeuge zu erkennen, der sie informiert hatte. Der Führer der Gruppe bedauerte, dass ihre Aktion nicht von Erfolg gekrönt war und meinte: "Es kann sein, dass der Mann eventuell nur einkaufen ist und wieder zurück kommt. Wir werden uns noch einige Stunden hier verstecken und ihnen im Erfolgsfall anrufen und Bescheid geben. Fahren Sie ruhig wieder nach Hause, denn es ist kalt, und ihre kleine Gruppe läuft Gefahr sich zu erkälten. Wir melden uns heute mit Sicherheit noch einmal!"

Gegen 19 Uhr erreichte uns ein Telefonanruf der Polizei. Schon an seiner Stimme hörte Eva, dass es mit der Verhaftung wohl nicht geklappt hatte. Trotz allem hatten sie Polizisten eingeteilt, die weiterhin das Gartenhaus bewachten. Alle drei Stunden wurde der Wachhabende von einem anderen Kollegen abgelöst, denn die Nacht begann kalt zu werden.

Bis zum nächsten Morgen um 10 Uhr wurde die Hütte bewacht, dann zogen sie die Beamten ab. Was war wohl vorgefallen, dass der listige Alte seine Zuflucht verlassen hatte? Hatte er noch mehr Verstecke? Hatte ihn ein Grundstücksnachbar gewarnt?

Kleopatra und ich beobachteten weiterhin das Nachbarhaus und die neue Ehefrau. Trotzdem machten wir an schönen Tagen auch wieder ab und an Ausflüge. Wir verbrachten auch einige Stunden bei Anna, damit Kleopatras Freundin nicht zu kurz kam. Inzwischen hatte sie mich so sehr ins Herz geschlossen, dass ich auch auf dem Sofa sitzen durfte. Ebenso wie Eva gab sie uns zwischendurch immer wieder kleine Leckereien.

Es folgten viele Tage mit nasskaltem Novemberwetter, was unweigerlich dazu führte, dass wir das Nachbarhaus beobachteten. Merkwürdigerweise verließ die Pflegerin nicht mehr um die Mittagszeit das Haus und war mehrere Stunden weg. Sie machte nur noch kurze Einkaufsfahrten und war innerhalb einer Stunde wieder zurück.

Der Alte hatte eine Tochter und einen Sohn und insgesamt fünf Enkel. Eines Tages erschienen sie alle gemeinsam vor dem Haus und wollten mit der neuen Ehefrau sprechen. Doch diese ließ sie nicht herein und öffnete nur einen Fensterflügel des Büros. Das war für uns ideal, denn so konnten wir alles sehen und hören. Es gab einen riesigen Streit, denn sowohl der Sohn als auch die Tochter forderten die ehemalige Pflegekraft auf, das Haus zu verlassen und nach Polen zurückzukehren. Diese ging kurz weg und holte, nicht ohne vorher das Fenster zu verriegeln, die Heiratsurkunde mit dem Alten. Sie zeigte sie ihnen durch die Fensterscheibe und forderte sie auf, sie in Ruhe zu lassen. Sie schrie so laut, dass sich ihre Stimme überschlug: „Das Haus gehört mir. Euch gehört das, was ihr seht, wenn ihr die Augen zumacht."

Dann schickte sie die Brut zur Hölle und warf mit einem lauten Knall das Fenster zu, dass Kleopatra und ich befürchteten, dass das Fenster in tausend Stücke zerspringen würde. Wir grinsten uns an und Kleopatra sagte: "Endlich wird die Geschichte wieder spannender! Es wird noch zu einem Krieg kommen zwischen den Abkömmlingen des Alten mit der neuen Ehefrau!" Auch die Polizei kam noch mehrfach und durchsuchte das Haus und das umgebende Gelände. Ebenso wurden die Häuser und Wohnungen von Sohn, Tochter und Enkeln durchsucht.

Etwa eine Woche nach dem Streit auf der Straße kam ein Auto mit einem polnischen Autokennzeichen zu der ehemaligen Pflegerin.

Diese eilte auf die Straße und begrüßte den Neuankömmling sehr herzlich. Wir schauten uns an und grinsten. Ich sagte: "Entweder ist es ihr Bruder oder ihr Liebhaber!"

Kleopatra antwortete: "Top, die Wette gilt! Einsatz sind zwei Mäuse. Ich tippe auf Liebhaber!"

Die nächsten Tage und Wochen brachten die beiden Haus und Garten auf Vordermann. Der Pole, ein Mann von fast zwei Meter Größe, schwarzem, glatt nach hinten frisiertem Haar, war ein gutaussehender und muskulöser Mann, der fest anpacken konnte, und keine Scheu vor Arbeit hatte. Sie entfernten sogar den hässlichen stinkenden Abfallhaufen, den der Mörder direkt zwischen Grundstücksgrenze und Autogarage meiner Freunde aufgehäuft hatte. Er entfernte sämtliches Unkraut und das lästige Efeu, dass schon an der Garage hochgewachsen war. Als Tom und Eva an der Grenze den Rasen mähten, kamen sie mit den Leuten ins Gespräch. Sie zeigten sich sehr freundlich und versprachen, die gemeinsame Grenze in Ordnung zu halten. Darüber freuten sich Eva und Tom ungemein. Sollte es wirklich wahr werden, dass der Krieg, durch den Mord an Pedro de la selva vor mehr als dreißig Jahren beendet war oder kam irgendwann der Mörder zurück und warf seine Ehefrau und ihren Freund aus dem Haus?

6: Böse Überraschungen

In den nächsten Wochen freundeten sich Eva und Tom mit den neuen Nachbarn aus Polen an. Sie waren zum "Du" übergegangen und sprachen sich mit den Vornamen an. Sie hießen Emma und Karl. Eva klärte die beiden darüber auf, was der Alte ihrer Katze und ihnen alles angetan hatte. Sie erwähnte auch das Dutzend Vorstrafen und gab ihnen den Rat, sich eine Alarmanlage zu kaufen, nicht dass sich der Alte nachts ins Haus schleichen und sie verletzen oder gar umbringen könnte.

Obwohl Karl ein sportlicher Mann und sicherlich auch ein guter Kämpfer war, beherzigten sie diesen Ratschlag und kauften sich eine gute Überwachungsanlage. Zwischenzeitlich wurden sie von dem Rechtsanwalt der Tochter und des Sohnes mit Briefen überhäuft, welche Emma und Karl auf Auszug und Rückgabe des Hauses verklagten. Eva vermittelte ihnen den Anwalt, der den Alten bei dem Prozess um den stinkenden Abfallhaufen in die Knie gezwungen hatte.

Etwa drei Monate waren vergangen, seit er spurlos verschwunden war, als plötzlich zwischen zwei und drei Uhr nachts Eva durch einen Riesenlärm aufwachte, der vom Nachbargrundstück kam. Eva rannte vom Schlafzimmer zum Büro, wo ich auf ihrem Bürostuhl lag und schlief. Durch die Hektik wachte ich ebenfalls auf, und als ich bemerkte, dass Eva zum Nachbargrundstück schaute, das hell beleuchtet war, weil Karl überall Sensorlampen installiert hatte, sprang ich auf das Fensterbrett, und schaute ebenfalls hinüber. Ich sah, dass der Alte bereits das halbe Grundstück erreicht hatte, jetzt aber von der Beleuchtung irritiert war und den Rückzug antrat. Er rannte zurück zum Philosophenweg und zu seinem Auto, setzte sich hinter das Steuer und raste davon. Wie wir am nächsten Morgen von Karl und Emma erfuhren, hatten sie noch in der Nacht die Polizei angerufen, welche nach dem Alten suchte, ihn aber nicht gefunden hatte. Emma kam am Nachmittag zu Eva und Tom und brachte ihnen einen selbstgebackenen Gewürzkuchen. Sie bedankte sich für den guten Ratschlag, denn die Alarmanlage hatte ihnen mit großer Gewissheit das Leben gerettet!

Nachdem Emma und Karl das Haus und den Garten in wochenlanger Arbeit wieder auf Vordermann gebracht hatten, gönnten Sie sich einige Ausflüge in die wunderbare Umgebung von Beef Home City. Eva und Tom hatten Ihnen mehrere sehenswerte Ausflugsziele genannt, welche im Umkreis von maximal 100 Kilometern lagen. Heute waren sie in die schöne Pfalz gefahren, hatten eine riesige Wanderung gemacht und auf einer Burg getafelt. Gut gelaunt kamen sie zurück und klingelten zuerst bei Eva und Tom, um ihnen über die Sehenswürdigkeiten des Ausflugs zu berichten.

Emma wollte kurz ins Haus gehen, um für Eva einen Rosenstrauß zu holen, den sie am Morgen für sie gekauft hatte. Doch kaum war sie eine Minute im Haus, als sie schreiend wieder heraus rannte. Karl, Tom und Eva gingen schnellen Schrittes zu ihr und fragten, was los sei. Emma war so aufgeregt, dass sie nicht sprechen konnte. Sie zeigte mit der Hand zum Wohnzimmer und die Drei gingen hinein. Ein totales Chaos erwartete sie! Alle Möbel waren verwüstet, umgeworfen und wahrscheinlich mit einer Axt in tausend Stücke gehackt. Kein Bild hing mehr an der Wand, und der Boden war mit Möbelteilen bedeckt. In den anderen Räumen sah es nicht besser aus. Sie riefen die Polizei, die Spuren aufnahm und Beweisbilder schoss. Die Beamten gaben ihnen den Rat, am nächsten Tag als erstes sämtliche Schlösser auszuwechseln, und sie baten darum, falls die Alarmanlage Bilder von dem oder den Tätern aufgenommen hatte, diese der Polizei zur Verfügung zu stellen. Doch wie sich später herausstellte, war der Täter vermummt gewesen, dass man die Person nicht erkennen konnte. Von der Größe und Haltung des Verbrechers konnte man aber auf den Nachbarn schließen, der noch alle Schlüssel für das Haus besaß. Auch das Motiv für seine Zerstörungswut war logisch nachvollziehbar. Aber wieder einmal war er verschwunden, und die Polizei hatte nicht eine Spur, wo er sich verstecken könnte.

Eva und Tom begleiteten die beiden ins Haus und halfen ihnen beim Entsorgen der zerschlagenen Möbel. Glücklicherweise hatte Emma das Schlafzimmer, indem sich ihr Schmuck und Bargeld befand, abgeschlossen gehabt. Diese Türe hatte er wohl nicht einschlagen können. So war wenigstens die Schlafstätte für die Nacht erhalten geblieben als auch ihr Schmuck und das Bargeld.

Am Nachmittag wurde das Wetter besser, und ich schlug Kleopatra vor einen Spaziergang zu machen.

"Ja", antwortete sie, "lass uns doch wieder einmal zum Angelsee wandern." Wir waren nur wenige Minuten am See und hatten es uns vor der Hütte bequem gemacht, als drei Freunde von uns kamen. Es waren Charly, Ernesto und Tomasso. Wir berichteten ihnen darüber , was den befreundeten Nachbarn von Eva und Tom gestern passiert war. Wir hatten auch schon einiges über den Katzenmörder berichtet, so dass sie ihn gleich in Verdacht hatten.

Ernesto sagte: "Mein menschlicher Freund, bei dem ich wohne, hat auch einen schrecklichen Nachbarn. Wenn ich mich nicht täusche, ist dieser auch Jäger und zusammen mit dem Katzenmörder gemeinsam auf die Jagd gegangen. Wenn ich nachher nach Hause komme, werde ich meinen Freund fragen, ob er zufällig noch weiß, wo sie eine Jagd gepachtet hatten. Wahrscheinlich hatten die Zwei sich dort jahrelang aufgehalten und kennen das Gelände wie ihre Manteltaschen . Vielleicht hat sich der Mörder dort in einer Hütte verschanzt. "Das könnte sehr gut sein", erwiderte ich, "es wäre eine große Hilfe für Eva und Tom sowie die Polizei, wenn sie wüssten, wo sie nach ihm suchen sollen. Hoffentlich kann sich dein Freund noch daran erinnern, oder er sollte den Nachbarn danach unauffällig ausfragen."

"Wenn ich etwas herausbekommen habe, komme ich bei dir vorbei, denn ich weiß ja, wo du wohnst!"sagte Ernesto. "Das ist wunderbar, ich drücke ganz fest die Daumen!" erwiderte ich. Als ich am nächsten Morgen nach einem kleinen Nickerchen blinzelnd zur Wintergartentüre schaute, dachte ich zuerst, dass Kleopatra vor der Türe warten würde, doch es war Ernesto. Eva öffnete die Türe und sagte zu mir: "Du hast nicht nur eine hübsche Freundin, sondern auch sehr attraktive Freunde!" Sie bot Ernesto einige Brekkies an, die er sich gerne munden ließ. Dann sagte er mit vor Stolz geschwellter Brust: "Ich habe das Geheimnis aufgedeckt, sie hatten ein Jagdgebiet in der Pfalz gepachtet, ganz in der Nähe des Naturfreundehauses bei Kandel."

Dies teilte ich Eva und Tom mit, die Ernesto mit weiteren Leckereien belohnten Eva sagte zu mir: "Noch diese Woche fahren wir alle zusammen in die Pfalz und schauen, ob wir die Jagdhütte finden. Wir sollten aber sehr vorsichtig und unauffällig sein, denn der Katzenmörder ist sicherlich bewaffnet und könnte auf uns schießen!"

Drei Tage später fuhren wir zu dritt in den Pfälzer Wald. Sie zogen mir meine Schutzweste mit Leine an, die sofort unsichtbar wurde, als ich angezogen war. Eva trug eine blonde Perücke und eine sehr dunkle Sonnenbrille. Tom hatte eine schwarze Pudelmütze auf und ebenfalls eine Sonnenbrille. Dann geschah etwas sehr Lustiges: Eva nahm mich auf den Arm, da der Waldweg vom Aufladen und Abfahren großer abgesägter Baumstämme sehr verschmutzt war. Plötzlich rief Tom sehr aufgeregt: "Eva, wo bist du denn hingegangen?" Eva setzte mich auf den Boden, da der Waldweg wieder sauberer geworden war. Tadelnd sagte sie zu Tom: "Sprich doch bitte nicht so laut, wir sind schon in der Nähe der Hütte. Außerdem, was meinst du damit, wohin ich gegangen sein soll. Ich war die ganze Zeit hier!"

"Nein, das warst du nicht! Ich habe dich nicht mehr gesehen, wahrscheinlich hast du dich hinter einem Baum versteckt!" "Was soll der Quatsch!" sagte Eva schon leicht böse. "Einen Moment bitte, ich muss etwas ausprobieren!" Eva nahm mich erneut auf den Arm, und wie durch Geisterhand war sie erneut unsichtbar. Die Ursache war der Kontakt mit mir.

"Das ist ja ganz wunderbar, denn jetzt kann ich mich mit Pedros Hilfe an die Hütte heranschleichen, ohne dass mich der Katzenmörder sehen kann. Ich muss nur Pedro auf den Arm nehmen."

Von weitem sahen wir die Umrisse einer Hütte. Eva flüsterte: "Aus der Hütte steigt Rauch auf, sie wird also beheizt, das heißt, dass sie bewohnt ist. Ich schleiche mich zusammen mit Pedro hin. Tom bitte verstecke dich hinter einem Baum, damit dir nichts passiert!" Langsam ohne Geräusche zu verursachen, schlichen Eva und ich auf die Hütte zu. Die Tür war angelehnt, und wir konnten hinein spähen. Doch kein Mensch befand sich darin, obwohl in dem Kaminofen große Holzscheite brannten. Wir schlichen zurück zu Tom, und Eva berichtete: "Kein Mensch ist in der Hütte! Er muss uns gesehen haben, vielleicht hat er ein Fernglas und ist rechtzeitig geflüchtet. So langsam glaube ich, dass er ein böser Geist ist, der sich ebenfalls unsichtbar machen kann. Tom verständigte die Polizei und berichtete, dass der Mörder bis vor kurzem in der Hütte gewesen sein musste, da der Ofen noch brannte. Die Polizei bat darum, die Hütte nicht zu betreten, damit sie über die DNA und andere Spuren herausfinden konnten, wer in der Hütte gewesen war.

Wir gingen zurück zum Auto und fuhren gemütlich nach Hause, damit mir vom Fahren nicht schlecht wurde.

Nach mehreren Tagen informierte uns die Kripo über ihre Spurenanalyse. Tatsächlich hatte der Mörder wohl mehrere Tage in der Hütte gewohnt. Sie gehörte seinem Jägerfreund, der aber zu Protokoll gab, dass er niemandem einen Schlüssel für seine Hütte gegeben habe, aber da sie so einsam im Wald lag, schon öfters in sie eingebrochen worden war. Die Polizei glaubte ihm diese Aussage nicht, konnte aber das Gegenteil nicht beweisen.

Nach dem Telefongespräch unterhielten sich Eva und

Tom über diese Neuigkeiten. Tom sagte zu ihr: "Jetzt hat der Mörder schon drei Unterkünfte verloren. Wie finden wir jetzt das nächste Rattenloch?" In den nächsten Tagen und Wochen gab es in der Nachbarschaft eine erhöhte Betriebsamkeit. Die Nachbarn ließen ein elektrisches Rolltor bauen, welches das Haus und die Garagen zur Straße abschloss. Es öffnete sich nur, wenn die beiden mit dem Auto heraus oder hinein fuhren. Ein neuer Briefkasten wurde ebenfalls am Rolltor befestigt, da der Briefträger nun nicht mehr bis zum alten Briefkasten am Hauseingang kam.

Emma und Karl inspizierten ebenso das ein Hektar große Grundstück und besserten kaputte Zäune aus. Sie luden Eva und Tom des öfteren zu Kaffee oder Abendessen ein und berichteten von ihren nächsten Aktivitäten. Sie waren auch häufig bei uns, und so erfuhren wir alles, was sie vorhatten. Doch da die Polizei den international gesuchten Verbrecher bisher noch nicht hatte festnehmen können, gab es bei den Nachbarn des öfteren böse Alpträume.

Eine Rassekatzenausstellung kam auf den Messplatz und Kleopatra sagte zu mir: "Ich würde so gerne einmal sehen, wie Katzen aussehen, die dort Preise bekommen. Könnten wir uns nicht hineinmogeln? Vielleicht bekomme ich auch einen Preis! Am letzten Tag der dreitägigen Ausstellung wurden die Preise vergeben und die Sieger geehrt. An diesem Tag liefen wir zum Messplatz und umrundeten das große Zelt. Wir suchten eine Stelle, wo die Zeltwand hoch geschlagen war oder einen Riss hatte. Das Glück war uns hold, und wir fanden eine solche Stelle, an der glücklicherweise wenig Trubel war. Wir zwängten uns hindurch und schauten mit großen Augen auf die vielen Menschen und die gepflegten Katzen, welche in goldenen oder silbernen Käfigen saßen, und affektiert und eingebildet auf die Menschen herunter schauten.   Nachdem die Preisrichter die Stammbäume der prämierten Sieger überprüft hatten, wurden die Halter der ersten drei Sieger gebeten, zur Prämierung in die Mitte der Halle zu kommen und ihre Lieblinge mitzubringen. Wir hielten uns ganz nah an der Siegestreppe auf, und bevor alle drei vor Ort waren, sprang Kleopatra auf den ersten Platz der Siegestreppe. Die Preisrichter schauten sich ganz verdutzt an und wussten nicht, was sie machen sollten. Derweil standen die drei Halter der Siegerkatzen mit ihren Katzenkörben in der Hand ratlos vor den Preisrichtern. Schließlich hatte einer der Preisrichter eine Idee. Er rannte davon und kam mit einem einzelnen Siegertreppchen zurück, das er neben die drei anderen stellte. Er setzte Kleopatra auf den Extraplatz und ließ die Züchter ihre Katzenkäfige auf das Siegertreppchen stellen. Dann sprach er in sein Mikrofon, welche Katze welchen Platz bekommen hatte und wie ihre Züchter hießen. Danach erklärte er den Zuschauern, dass er heute noch einen Sonderpreis vergeben werde. Er sagte wortwörtlich: "Dieses Jahr gibt es erstmals einen weiteren Sonderpreis für eine mir unbekannte Katzendame, deren Namen ich nicht kenne. Aber sie hat ein ganz herrliches Fell und ist die forscheste junge Dame, die ich kenne! Für ihren Mut, auf die Siegertreppe zu springen, erhält sie den Sonderpreis für Tapferkeit." Er legte eine goldene Medaille um ihren Hals. Daraufhin sprang Kleopatra schnell von der Siegertreppe und wir Zwei verschwanden so rasch, wie wir gekommen waren durch die Lücke im Zelt.

Als Kleopatra spät am Abend nach Hause ging, riss Anna die Augen auf, und rief gleich Eva und Tom an, ob sie wüssten, was es mit der Medaille von Kleopatra auf sich hatte.

Doch die beiden wussten nichts darüber und ich schwieg wie ein Grab. Noch heute ist Kleopatra mächtig stolz auf ihren Extrapreis, denn sie hat ihn außen an ihrem Katzenkorb gehängt und beschnüffelt ihn morgens und abends, wenn sie in oder aus dem Korb steigt.

Doch hängen neben dieser Medaille noch zwei weitere. Eva und Tom hatten mich und Kleopatra eines schönen Tages mit in den Schlossgarten genommen, da Anna den ganzen Tag arbeiten musste.

Wir parkten das Auto auf dem Parkplatz vor dem KSC Stadion und liefen in die Richtung des botanischen Gartens. Dort gibt es für die Spieler und andere Sportler einige Anlagen, auf denen sie trainieren können. Auf einer Sprintbahn fand gerade ein Rennen statt. Die Sportler waren in gebeugter Haltung und warteten auf den Startschuss. Als es so plötzlich knallte, erschrak Kleopatra so sehr, dass sie in wilder Flucht davonrannte, die gesamten Sportler überholte und als erste hinter der Ziellinie landete. Die Rennleitung war so fair, ihr den ersten Preis zu verleihen, obwohl sie nicht die geforderte Sportkleidung trug. Eva und Tom nahmen den Preis entgegen und händigten ihn am Abend Anna aus, nicht ohne ihr von dem sportlichen Erfolg Ihrer Katze zu berichten.

Die dritte Medaille, welche an ihrem Korb hängt, wurde von mir gefertigt. In dem kleinen morastigen Wäldchen fand ich eine Stelle, wo Lehm vorkommt. Ich habe den Lehm zu einer kleinen runden Scheibe geformt und mit meiner Pfote einen Abdruck hinterlassen. Auf die Scheibe hat Eva auf meinen Wunsch darauf geschrieben: "Für die liebste Katze der Welt!"

Anschließend hat Eva die Scheibe in ihrem Backofen hart gebrannt, so dass sie sich nicht mehr verformen kann und hoffentlich ewig erhalten bleibt.

Fast jeden Tag zwischen 14 Uhr und 15 Uhr machte ich nochmals, nachdem ich bereits morgens mit Kleopatra unterwegs gewesen war, einen Spaziergang. Sie begleitete mich erneut, außer wenn es regnete. Eva und Tom verließen heute kurz darauf das Haus und machten ebenfalls eine Wanderung. Ich sah sie noch, wie sie der Haustüre abschlossen, denn ich hatte eine ausgiebige Fellpflege durchgeführt.

In dem Moment, als Emma den Briefkasten geleert hatte, öffnete sich bei uns das automatische Garagentor und Eva und Tom wollten wegfahren. Doch Eva sah das Gesicht von Emma, das weiß wie eine Wand wurde. Sie sagte zu Tom:" Bitte bleib kurz stehen, ich muss mit Emma sprechen. Irgendetwas stimmt nicht mit ihr!"

Sie überreichte Eva eine Postkarte. Auf der Vorderseite war eine spanische Küste abgebildet. Sie drehte die Karte und las den Text. Er lautete: "Hallo, ihr zwei Ratten! Ich bin zurzeit im Urlaub und erhole mich gut. Aber sobald sich das Jahr seinem Ende nähert, werdet ihr bitter dafür büßen, was ihr mir angetan habt! Genießt eure letzten Tage!"

Tom war inzwischen ebenfalls aus dem Auto gestiegen und Eva reichte ihm die Karte. Auch er war verwundert, doch er sagte zu Emmas Aufmunterung: "Nur zahnlose Tiger schicken Urlaubskarten mit Drohungen. Macht euch keine Sorgen. Ihr habt euer Grundstück inzwischen so gut gesichert, dass es ihm nicht mehr gelingen dürfte, es zu betreten. Aber wenn du möchtest, Emma, sende ich eine Kopie an Kommissar König, dass er Bescheid weiß, dass der Mörder noch lebt und sich eventuell im Ausland befindet. Mein Bauchgefühl sagt aber etwas anderes. Ich glaube, dass er die Postkarte einem Freund in den Urlaub mitgegeben hat und noch immer in einem Versteck in der Nähe sitzt. Wir könnten morgen gemeinsam einen Ausflug machen und dabei die zwei ehemaligen Aufenthaltsorte in Augenschein nehmen."

Emma nahm diesen Vorschlag gerne an, denn sie brauchte eine kleine Auszeit und fühlte sich immer sicher, wenn sie mit Eva und Tom zusammen waren.

Eva rief am nächsten Morgen Emma an und fragte nach, ob sie und Karl am Samstag Zeit hätten, um gemeinsam in die Pfalz zu fahren. Sie sagte: "Das Beste wäre, wenn wir die zwei Orte nicht an einem Tag kontrollieren, sondern an zwei verschiedenen, dann haben wir auch noch etwas Spaß an dem Ausflug. In der Pfälzer Wanderhütte soll man recht gut essen können."

Sie verabredeten sich für den Samstagmorgen um 11 Uhr. Tom saß am Steuer, denn er kannte sich in der Pfalz sehr gut aus. Nach einer Dreiviertelstunde Fahrtzeit waren sie am Ziel.

Zunächst wanderten sie zu der Hütte, wo sich der Mörder das letzte Mal verschanzt hatte. Doch heute stieg kein Rauch aus der Hütte auf, und sie war verlassen. Sie wanderten weiter zu der Pfälzer Wanderhütte und kehrten ein. Sie wählten typisch Pfälzer Gerichte wie Schlachtplatte, Leberknödel mit Sauerkraut, Fleeschknepp und Rumpsteak. Es schmeckte ihnen sehr gut, und sie kamen mit der Bedienung ins Gespräch. Da kam Eva eine Idee. Sie suchte ein Foto des Mörders auf ihrem Handy, und zeigte es der Bedienung. Diese sagte: "Den Mann kenne ich, er aß öfters bei uns zu Mittag, aber das ist etwa zwei Wochen her. Die letzte Zeit habe ich ihn nicht mehr gesehen." Beim Zahlen gab Eva der Bedienung ein gutes Trinkgeld und ihre Handynummer. Sie bat darum, dass sie, sobald sie den Mörder wieder sehen würde, sie informieren solle, was die Bedienung versprach. Sie fuhren weiter zum Weintor in Schweigen, wo ein Freund von ihnen eine Taverne führte. Dort trafen sie zufällig Freunde von Eva und Tom. Sie setzten sich zu ihnen an den Tisch, und es wurde viel erzählt und gelacht. Als der Abend dämmerte, fuhren sie wieder nach Hause.

Da allen der Ausflug so gut gefallen hatte, luden Eva und Tom die beiden noch auf ein Glas Wein ein. Ich hatte schon von weitem gehört, dass sie zurückkommen, denn ich kannte das Motorengeräusch ihres Wagens. Ich lief auf Eva zu und strich ihr um die Beine, während ich laut maunzte. Eva wusste genau, was das bedeutet. Es hieß: "Ich bin kurz vor dem Verhungern!" Deshalb wurde ich als Erster bedient. Ich bekam eine ordentliche Portion Lachs mit Thunfisch. Ich liess es mir schmecken und ging anschließend ins Wohnzimmer, wo ich mich auf meinen Designerteppich legte, und die Ohren spitzte. Ich erfuhr alles über ihren Ausflug und hörte, wie sie sich für den morgigen Sonntag verabredeten, um das Gartenhaus in Untergrombach zu inspizieren. Sie wollten des weiteren noch eine schöne Wanderung um den Michaelsberg machen, und zum Abschluss in das griechische Lokal einkehren. Schade, dass sie mich und Kleopatra nicht mitnehmen wollten. Sie begründeten das damit, dass wir nicht so weit marschieren könnten. "Na gut,"dachte ich, "dann machen Kleopatra und ich alleine einen Ausflug!" Am Sonntag um 12 Uhr fuhren sie wieder gemeinsam davon. Kleopatra und ich spazierten auf dem Philosophenweg zu unserem Angelsee, weil am Sonntag dort immer ein großes Treffen stattfand. Es waren etwa ein Dutzend Freunde und Kameraden da, die sich sogleich nach dem Mörder erkundigten. Keiner hatte ihn in den letzten zwei Wochen gesehen, obwohl wir alle größere Ausflüge in die Umgebung unternahmen. Wir berichteten ihnen, was wir zusammen mit Tom und Eva herausgefunden hatten. Wir sagten ihnen auch, dass sie heute mit ihren neuen Nachbarn auf Verbrecherjagd gegangen waren.

Tomasso hatte eine gute Idee: "Unser Stammtisch hat, wenn alle da sind, mindestens zwei Dutzend Mitglieder. Wir könnten, immer zu zweit, den Hardtwald aufteilen und ihn dort suchen. Als ehemaliger Jäger liegt es nahe, dass er sich dort in einer Jagdhütte versteckt." Ich antwortete: "Das ist eine super Idee! Heute Abend werde ich Eva fragen, ob sie eine Karte hat, in der die Jagdhütten eingezeichnet sind. Dann könnten wir ganz gezielt nach diesen Hütten schauen."

Unsere Vorschläge wurden angenommen, und wir vereinbarten, uns am Mittwochmorgen zur ersten Vorbesprechung wieder hier zu treffen. Als wir gemütlich nach Hause liefen, hörte ich das sonore Schnurren eines 4- Zylinder Motors. Ich sagte zu Kleopatra: "Ich bin sehr gespannt, ob sie mehr Erfolg als gestern hatten. Komm doch noch mit ins Haus. Wir bekommen sicherlich etwas Gutes zum Essen. "Wir setzten uns auf die oberste Stufe der Wintergartentreppe und warteten, bis Eva die Türe öffnete. Ich wollte gerade meine Portion mit Kleopatra teilen, als Eva ein zweites Schälchen vor sie hinstellte. Sie sagte: "Lasst es euch schmecken, wenn ihr schon nicht mitgedurft habt. Vielleicht hätten wir mit eurer Unterstützung doch mehr herausgefunden. Der Verbrecher war auch in Untergrombach nicht mehr gesichtet worden. Ich dachte: "Späte Einsichten, aber besser spät wie nie!" Die Idee über die Durchsuchung des Hardtwaldes verriet ich erst einmal nicht!

Am Abend schlich ich zum großen Bücherschrank im Wohnzimmer und schaute unten links nach den Wanderkarten. Unzählige Bücher und Karten gab es über den Nordschwarzwald, die Pfalz, das Elsass und den Kraichgau. Nur über den Hardtwald fand ich leider keine Karte.

Wir mussten uns also eine andere Suchmethode ausdenken. Als wir uns am Mittwochmorgen zur Vorbesprechung am Angelsee trafen, war ich sehr erstaunt, wie viele Katzen erschienen waren. Wir waren drei Dutzend Kater und Kätzinnen. Unsere Suche nach dem Mörder hatte sich herumgesprochen, und alle waren erschienen, um uns zu helfen.

Wir beschlossen, dass wir kurz hinter dem Schloss, wo der Wald beginnt, mit unserer Suche beginnen wollten, um in östlicher Richtung den gesamten Wald zu durchkämmen. Da wir so viele waren, konnten wir im Abstand von 10 Metern gehen. Wir einigten uns auf einen Wochentag, da am Wochenende zu viele Spaziergänger und Wanderer in den Wäldern unterwegs waren.

Wir setzten den Treffpunkt auf den kommenden Montag fest. Wir trafen uns am hinteren Ende des Schlossgartensees. Ich beschwor alle noch einmal, kein Risiko einzugehen, da der Kerl gefährlich war und sicherlich auch Schusswaffen dabei hatte. Falls sie eine Person im Wald sahen oder eine bewohnte Jagdhütte, sollten sie sich hinter Bäumen verstecken und mich benachrichtigen, denn ich konnte mich der Person oder der Hütte ungefährdet nähern, da ich unsichtbar war. Außerdem wusste ich, wie der Kerl aussah, während er meinen Helfern unbekannt war.

Wir machten uns auf den Weg. Etwa in der Mitte des Waldes sahen wir mehrere Menschen. Doch es waren Waldarbeiter, welche einen großen Baum in Einzelteile zersägten. Wir schlichen uns in großer Entfernung um sie herum. Danach konnten wir unsere Abstände wieder einhalten. Schließlich kamen wir an einer Jagdhütte vorbei, welche bewohnt schien, da aus dem Kamin Rauch aufstieg. Wie besprochen, benachrichtigen sie mich und versteckten sich solange, bis ich wieder zurück kam, hinter Bäumen und Büschen. Ich pirschte mich an die Hütte heran. Die Hütte hatte ein Fenster mit klappbaren Holzrollläden, welche verschlossen werden konnten. Doch heute waren sie geöffnet. Ich konnte auf den Holzsims hochspringen und hinein schauen. Es war unglaublich! Tatsächlich lag der Mörder auf einem Sofa und schlief. Wie sollten wir jetzt vorgehen, dass keinem etwas passierte. Ich schlich zurück zu meinen Freunden und berichtete Ihnen , was ich gesehen hatte.

Othello machte einen Vorschlag: "Wenn wir alle zusammen in die Hütte eindringen und ihn kratzen und beißen, dann müsste er doch wehrlos werden, und du müsstest dann nur noch deine menschlichen Freunde informieren, dass diese die Polizei in den Wald schicken."

Ich antwortete: "Das ist viel zu gefährlich. Sicherlich würde er einige von uns verletzen oder gar umbringen. Wir werden uns jetzt ganz vorsichtig zurückziehen und ich informiere Eva und Tom, wo der Kerl ist. Sie sollen dann zusammen mit der Polizei und mir in den Wald kommen und den Mörder verhaften!" Glücklicherweise wurde mein Vorschlag angenommen, und wir liefen zurück zum Angelsee, wo wir uns beglückwünschten, dass unsere Suche einen solchen Erfolg gebracht hatte.

Kurz darauf verabschiedete ich mich von meinen Freunden und ging nach Hause, um Eva und Tom zu informieren. Sie riefen sofort Kommissar König an und sagten ihm, wo genau der Verbrecher sich aufhielt. Es war fast der östlichste Punkt des Hardtwaldes in der Nähe der Tennisanlage von Stutensee. Kommissar König konnte die Hütte sofort orten, da die Polizei Pläne hatte, in denen alle Funktürme, Strommasten oder Hütten eingezeichnet waren. Er stellte eine Einheit zusammen, welche mit Schutzwesten und Gewehren ausgerüstet in einem großen Mannschaftswagen zu der Hütte fuhren. Eva, Tom und ich fuhren mit dem Auto ebenfalls nach Stutensee. Aber auf den Rat von Kommissar König parkten wir bei der Tennishalle. Kommissar König hatte uns beschworen, dass wir nicht aussteigen sollten oder uns der Hütte nähern. Sonst könnten wir uns gefährden und die Verhaftung dadurch schiefgehen. Wir blieben also im Auto sitzen und warteten darauf, dass die Polizisten den Verbrecher gefesselt in ihren Mannschaftswagen führen würden. Doch plötzlich hörten wir mehrere Schüsse. Der Alte hatte die Polizisten bemerkt und mit seinem Gewehr auf sie geschossen. Die Polizisten hatten zurückgeschossen und sich dann hinter dicken Baumstämmen verschanzt. Mit einem Megaphon forderte Kommissar König den Verbrecher auf, mit erhobenen Händen aus der Hütte zu kommen. Etwa eine Viertelstunde tat sich nichts. Dann hörte man noch einmal einen einzelnen Schuss. Noch einmal forderte der Kommissar ihn auf herauszukommen. Doch es tat sich nichts. Drei Polizisten schlichen hinter die Hütte und schossen mehrere Male auf die Tür, die schließlich einstürzte. Die Beamten konnten in die Hütte blicken und sahen, das der Mörder blutüberströmt auf dem Boden lag.

Er hatte sich selbst erschossen! Kommissar König informierte die Spurensicherung, welche das Waldstück absperrte. Dann kam er zu uns ans Auto und berichtete, was sich zugetragen hatte.

Wir konnten es fast nicht glauben, dass dieser Albtraum nun ein Ende gefunden hatte. Wir fuhren nach Hause und Eva und Tom versprachen, dass sie für mich, Kleopatra und alle Katzenfreunde, welche bei der Suche dabei gewesen waren, eine große Gartenparty ausrichten würden. Darauf freuten wir uns riesig!

Weihnachten stand vor der Pforte! Es war ein seltsames Gefühl der Erleichterung nach so langer Zeit nicht mehr Tür an Tür mit einem Mörder zu leben. Kurz nach der pompösen Beerdigung hatte der Dorftratsch aufgehört, und jeder kümmerte sich um seine eigenen Probleme. Eva klang noch der Satz einer Nachbarin in den Ohren: "Unter jedem Dach ein Ach!"

Ich sagte zu Kleopatra: "Die Menschen sind merkwürdige Lebewesen. Sie meinen, dass sie klüger wären als die Tiere. Doch sie gehen von morgens bis abends irgendwelchen Geschäften nach um Geld zu verdienen, das sie oft für Unnötiges ausgeben, um Freunde oder Nachbarn zu übertreffen oder ihr Ego zu streicheln. Meist sind wir mehr in ihrem Haus oder ihren Wohnungen, welche sie in den meisten Fällen über Jahrzehnte abzahlen müssen. Wir bekommen von ihnen Futter, ohne einkaufen, kochen oder ins Restaurant gehen zu müssen. Unsere Kinder erziehen wir selbst und liefern sie nicht in irgendwelchen Tagesstätten ab, wo sie wie Waisen aufwachsen.

Sollte Bastet uns ein weiteres Leben gewähren, wir sollten lieber wieder als Katzen auf die Welt kommen statt als Menschen!"

"Ich staune!", sagte Kleopatra, "welch ein Philosoph du geworden bist!"

Schneeflocken tanzten am Himmel!

Wir gingen in den Wintergarten und lümmelten gemeinsam auf meinem Lieblingssessel herum, denn die Außentemperaturen luden uns nicht zu einem Spaziergang ein.

Im Dezember war erstaunlicherweise oft schönes sonniges Wetter. Wir überlegten gerade, was wir machen wollten, nachdem wir bei Eva und Tom Frühstück gegessen hatten. Plötzlich klopfte es an der Türe. Othello und Tomasso standen davor. Tomasso brachte ein großes Stück Lachs mit, das war unser gemeinsames Weihnachtsgeschenk. Doch Othello hatte ein goldenes Herz in seiner Schnauze, das er vor Kleopatra ablegte. "Das ist mein Weihnachtsgeschenk für dich, liebe Kleopatra!" sagte er.

Ich schaute etwas indigniert auf das Herz und dachte, dass dieses Geschenk eher etwas für seine Freundin gewesen wäre. Eva kam herein und spürte die seltsame Stimmung.

Sie sagte: "Du hast ein schönes Schmuckstück mitgebracht, lieber Othello, es wird an der Kette, die Petro ihr geschenkt hat, sicherlich schön aussehen. Ich werde es gleich einfädeln. Doch solltest du ein solches Herz eher einer hübschen Katzendame schenken, in welche du verliebt bist. Denn dieses Geschenk ist zu persönlich, und es würde dich sicherlich verärgern, wenn Pedro deiner Liebsten ein solches Geschenk machen würde. Macht es doch einfach so, dass Kleopatra dieses Schmuckstück leihweise annimmt, bis du die richtige Freundin gefunden hast.

Evas Vorschlag wurde von uns drei akzeptiert, ohne dass einer weder brüskiert noch beleidigt war. Othello sah ein, dass er bei der Wahl seines Geschenks einen Fehler gemacht hatte und selbst meine Eifersucht und Wut verrauchten im Wind des winterlichen Himmels. Kleopatra schaute Eva an und ihren Augen sah man an, dass sie ihr dankte, die Angelegenheit so diplomatisch gelöst zu haben. Unsere gute Stimmung kehrte zurück, besonders als Eva und Tom noch kleine Weihnachtshäppchen auftischten. Am Nachmittag kamen noch mehr Freunde vom Katzenclub vorbei, als auch Anna, Emma und Karl. Wir saßen bis zu den Abendstunden zusammen und trennten uns erst, als starker Schneefall begann.

In den Wintermonaten gab es wenige Tage, an denen die Sonne mehrere Stunden am Stück schien.

Zwar konnten Kleopatra und ich kleine Spaziergänge machen und trafen uns auch mit unseren Freunden vom Angelsee, aber es gab kein Partywetter, so dass wir die Feier, welche uns Eva und Tom versprochen hatten, erst im März machen konnten. Da gab es zwei Wochen mit Sonnenschein und Frühlingswetter über 20°Celsius. Wir luden alle ein, welche bei der Suche nach dem Mörder im Hardtwald geholfen hatten. Eva und Tom luden ihre polnischen Nachbarn sowie Anna, die Freundin von Kleopatra ein.

Für die Menschen gab es ein Grillfest mit den feinsten Fleisch- und Wurstsorten und für die Katzen ein Fischbuffet in allen Variationen.

Zwischenzeitlich war etwas sehr Seltsames geschehen. Seit der Mörder tot war, wurde ich jeden Tag ein wenig sichtbarer. Anscheinend hatte die Katzengöttin Bastet mir in diesem Leben noch ein zweites dazu geschenkt, denn ich hatte ihren Wunsch erfüllt und mich an dem Tod von Pedro de la Selva gerächt. Sollte dieser Mensch noch einmal wiedergeboren werden, dann würde er sich sicherlich weder an Menschen noch an Tieren vergreifen. Aber höchstwahrscheinlich hatte er in seinem letzten Leben seine Wiedergeburt verspielt und schmorte in der Hölle!

Als wir am 3. März das versprochene Fest feierten, war ich wieder in voller Größe und Schönheit zu sehen. Nachdem wir uns an den herrlichen Speisen gelabt hatten, verkündete ich vor der gesamten Mannschaft, dass es noch eine Überraschung gebe. Kleopatra und ich hatten uns heimlich verlobt und uns geschworen, das restliche Leben miteinander zu verbringen. Anna hatte Tränen in den Augen, denn sie hatte Angst, dass Kleopatra jetzt nur noch bei mir wäre, und sie ihre geliebte Katze nicht mehr sehen würde. Sogleich versicherten wir ihr, dass dies nicht der Fall sein würde und fragten sie, ob es ihr recht wäre, wenn wir jeden Morgen, an dem sie nicht arbeiten musste oder Home Office machen konnte, bei ihr das Frühstück einnehmen würden. Für das Abendessen würden Eva und Tom sorgen. Sie lächelte und sagte: "Das ist eine wunderbare Idee! So machen wir es in Zukunft." Eva ergänzte: "Jede Woche machen wir einen gemeinsamen Ausflug mit dir und unseren polnischen Freunden und den Katzen. Dann bekommst du noch genug von ihnen zu sehen."

Ich ergänzte: "Sollten wir Kinder haben, darfst du sie gerne hüten!"

Da ertönte ein lautes Gemaunze, mit dem uns unsere Freunde gratulierten.

Epilog

Liebe Katzenfreunde,

bevor ich euch verlasse, möchte ich euch noch einige Lebensweisheiten nicht verschweigen, welche ich in diesem Leben und in denen davor, gewonnen habe. Es gibt weniger Zufälle, als man denkt, denn oft hat das Schicksal seine Fäden schon gesponnen. Könnte man die Wege sehen, wie sie sich mit seinem späteren Partner und anderen Freunden bereits lange vorher gekreuzt haben, man wäre baff vor Erstaunen.
Ein Beispiel möchte ich erwähnen: inzwischen bin ich sicher, dass ich mit Kleopatra bereits in meinem früheren Leben zusammen war. Bei meinen menschlichen Freunden Eva und Tom und ihren zwei besten Freunden ist das genauso. Aber das sind Paare, welche sich anders verhalten als die Mehrheit der Menschen. Diese zwei Paare machen in ihrer Ehe alles gemeinsam. Sie tragen die Lasten, welche sich durch die Gemeinsamkeit halbieren und freuen sich an glücklichen Erlebnissen, welche sich dadurch verdoppeln. Bei vielen Menschen ist das ganz anders. Es ist keine Partnerschaft, sondern nur eine Zweckgemeinschaft, in der man sich die Wohnungsmiete teilt und jeder einige Aufgaben übernimmt, aber in der Freizeit frönt jeder seinen Hobbys und rennt in eine andere Richtung. Sobald der Winkel der entgegengesetzten Wege 180 Grad beträgt,

trennen sie sich oder lassen sich scheiden.

Ein solches Leben macht beide nicht glücklich. Oft heiraten diese Menschen mehrmals im Leben, doch es ändert sich in der nächsten Beziehung wenig.

Es ist wichtig, auf den oder die Richtige zu warten, auf das Herz und das Bauchgefühl zu hören, das Geschenk des Schicksals anzunehmen, und die Freuden zu genießen. Kleine Unstimmigkeiten kann man aus dem Weg räumen und manchmal muss man auch verzeihen können. So erfüllen sich die schönsten Wünsche. Allerdings sollte man mit dem Wünschen vorsichtig sein, denn manchmal erfüllen sie sich, und die Träume mutieren zu Alpträumen, wie bei dem Lottomillionär, der ein Jahr mit jedem feierte. Doch dann war plötzlich alles Geld verpulvert, er war ärmer wie eine Kirchenmaus und wie ein Jahr zuvor.

Vereint das Herz mit dem Kopf und hört auf euer Bauchgefühl.

Alles Gute, liebe Freunde!

Euer Pedro de la Selva und Kleopatra

Nachwort

Kater Pedro de la Selva hatte für seinen Rachefeldzug einen riesigen Vorteil zu Menschen, die Rache üben wollen: Er war unsichtbar!
Aber zum Trost für die Zweibeiner: Man kann sich unsichtbar machen durch Verkleiden, Perücken, Brillen etc. oder indem man an Zeiten unterwegs ist, die einem unsichtbar machen wie dunkle Nächte oder neblige Novembertage.
Die Regeln für Rächer einzuhalten, ist extrem wichtig, denn sonst ist der Schaden für den Ausführenden selbst größer als für den, der es verdient hätte!

Regel Nr. 1:
Rache ist eine Mahlzeit, die der Kenner kalt genießt. Also keine Schnellschüsse!

Regel Nr. 2:
Observiere das Subjekt genau und finde Gewohnheiten und Schwächen heraus. Jeder hat mindestens eine Achillesferse.

Regel. Nr. 3:
Rache ist süß, kann aber sauer aufstoßen, deshalb nicht übertreiben!

Regel Nr. 4:

Lese so viele Bücher über Rache wie du kannst. Du hast nie ausgelernt.

Regel Nr. 5:

Mache alles, was dich glücklich macht und lass dir von deinem Feind nicht den Tag verderben.

Regel Nr. 6:

Beachte deinen Feind gar nicht. Denke, er ist Luft für mich, das ärgert ihn. Zeitweise kannst du auch das genaue Gegenteil machen: Schaue ihm in die Augen und grinse, denn das heißt armer Depp!

Regel Nr. 7:

Verändere dich und lege schlechte Angewohnheiten ab.

Regel Nr. 8:

Schlage ihn mit seinen eigenen Waffen. Wer Wind sät, soll Sturm ernten!

Regel Nr. 9:

Berichte allen Nachbarn von seinen Missetaten.

Regel Nr. 10:

Informiere deine Freunde und Bekannte, gerne werden sie das Gehörte verbreiten, wenn du um Stillschweigen bittest!

Regel Nr. 11:
Verbünde dich mit weiteren Feinden von ihm. Gemeinsam seid ihr stärker!

Regel Nr. 12:
Das wichtigste Motto: Niemals aufgeben! Der Tag wird kommen, an dem dein Feind mit den Füßen voran aus dem Haus getragen wird.

Regel Nr. 13:

Lese philosophische Schriften und versuche den Unterschied zwischen Gerechtigkeit und Rechtsprechung herauszufinden!
Früher hatte jedes Auto ein Ersatzrad, das voll funktionsfähig war, wenn ein Reifen platt wurde. Das Ersatzrad ist wie Gerechtigkeit. Es funktionierte.
Pannenspray ist ein Reifendichtmittel, das Löcher im Handumdrehen ohne Montage am Auto abdichtet. Mit viel Glück kommt man bis zur Reparaturwerkstatt, falls das Loch nicht zu groß ist oder der Reifen zerschnitten ist. Das ist Rechtsprechung!

Eine befreundete Anwältin sagte vor kurzem: „Vor Gericht und auf hoher See ist man stets in Gottes Hand!"

Pedro de la Selva, 10. Dan im Meistergrad der Rache, blutroter Gürtel.

Verzeichnis der Streiche

Zum schnelleren Auffinden für Nachahmer!

1. Die tote Ratte im Auspuff!

2. Der verwüstete Frühstückstisch!

3. Der Apfelbaum mit den morschen Ästen!

4. Die löchrigen Kirschen!

5. Der Ackersalat, der sich vom Acker macht!

6. Schlafanzug mit Durchzug!

7. Nächtliches Husten!

8. Der Todesbaum lässt bluten!

9. Der springende Rasenmäher!

10. Der Leberwurstweck ist weg!

11. Die Wurst ist weg!

12. Der Kellerfall!

13. Die Bettratte!

14. Wie man Käufer vertreibt!

15. Der geliebte Hut verschwindet!

16. Die Autoschlüssel lösen sich in Luft auf!

17. Der Ersatzschlüssel ebenso!

18. Schreck an Halloween!

19. Bissige Reifenventile!

20. Die angereicherte Wurstplatte am Geburtstag!

Weitere Bücher von **Kim Walter**, erhältlich bei TWENTY-SIX, Amazon und allen Buchhandlungen

OMON Das Auge Thriller, Teamwork mit Dustin Honester

„OMON" ist zurzeit im Buchhandel nicht erhältlich. Es wird überarbeitet und mit einem zweiten Teil erweitert. Ab Winter/Frühjahr 2022 wird dieser spannende Thriller wieder auf den Buchmarkt erscheinen.

„Wer sind Sie und für wen arbeiten Sie?" sind die ersten Worte, die Boris nach seiner Gefangennahme auf einem russischen Schiff hört, nachdem er aus seiner Ohnmacht erwacht. Igor Petronov alias Boris Barokov antwortet nicht. Er ist ein Top Agent des russischen Geheimdienstes. Sein Weg vom Moskauer Streifenpolizisten zur OMON ist mit vielen Schikanen und lebensgefährlichen Abenteuern verbunden. Doch auch die Liebe kommt nicht zu kurz. Ein von zahlreichen Persönlichkeiten aus Politik, Sport und Presse geschätztes Buch!

Sonnenwolken   Lyrik

erschienen 2016 bei Twentysix   ISBN: 978-3740709259, 5,49 € als
Kindle Edition,   7,99 € als Taschenbuch.

Ganz im Sinne Erich Kästners findet sich in diesem Buch eine
Sammlung heiterer und bissiger Gedichte mit Witz und Ironie, mit
Magie und Poesie, mit und ohne Zähne fletschen, welche mit Humor
durch das Jahr führen. Die vier Jahreszeiten werden beschrieben als
auch die inzwischen schon absurd anmutenden Anstrengungen für
die größten Feste des Jahres. Ein kunterbunter Reigen führt durch
das Jahr, dessen Tage fliegen wie die Sitze eines Karussells, das sich
viel zu schnell dreht.

Adieu, liebe Mutti Erinnerungen an ein langes Leben

erschienen 2016 bei Twentysix ISBN: 978-3740710811, 7,99 € als Kindle Edition, 19,99 € als gebundene Ausgabe

„Mors certa, hora incerta" - „Der Tod ist gewiss, die Stunde ungewiss."
Matthias Claudius (1740 -1815)
Jeder Mensch geht diesen Weg. Er führt von der Geburt zum Tod.
Die Begrenztheit der Lebenszeit macht sie so kostbar.
„Die zwei Gebote Liebe das Leben und denke an den Tod!
Tritt, wenn die Stunde da ist, stolz beiseite. Einmal leben zu müssen heißt unser erstes Gebot.
Nur einmal leben zu dürfen, lautet das zweite."
Erich Kästner (1899 – 1974)

Das nächste Leben   Fantasy – Reality – Science Fiction

erschienen 2017 bei Twentysix ISBN: 978-3740734602, 4,49 € als Kindle Edition, 6,99 € als Taschenbuch

Gibt es ein Leben nach dem Tod? Diese Frage stellt sich jeder mindestens einmal. Die Wissenschaft kann keine Erklärungen bieten. Selbst der Pontifex, der Vertreter Gottes auf Erden, fragt bei Raumfahrern nach, ob sie etwas gesehen hätten, das in höheren Sphären auf Leben hindeutet. Dieses Buch gibt Antworten auf diese Frage. Es ist eine bunte Mischung aus Phantasie, Träumen, Erinnerungen und Ahnungen. Gibt es wirklich den "7. Sinn" und das "2. Gesicht"? In allen alten Mythen der Menschheit gibt es die Wiederauferstehung. Das war in fernen Zeiten ein Credo. Dieser Bericht über das Jenseits ist mit dem Leben der Protagonisten verwoben und lässt Hoffnung aufkommen ...

Donnerwetter   Lyrik mit Geist, Humor und Biss

erschienen 2017 bei Twentysix ISBN: 978-3740735333, 10,99 € als Kindle Edition, 25.- € als gebundene Ausgabe

Amüsant - bitterböse - charmant - dämonisch - elegant - fein - glücklich - heiter - intelligent - jung - klug - lästerlich - meisterhaft - neugierig - opulent - paradox - qualitätsvoll - rigoros - schelmisch -toll - unglaublich - verrückt - wahr - xerographisch - yohimbin – zärtlich

Im neuesten Gedichtband "Donnerwetter" von Kim Walter kriegt jeder sein Fett ab. 365 Gedichte - eines für jeden Tag!
Romantik, Humor und Zynismus wechseln sich ab, wie das Wetter eines Jahres. "Bitte nur in Tagesdosen verwenden, sonst werden die Lachmuskeln überstrapaziert", so der gut gemeinte Rat eines Buchkritikers. Ein Aufschwung für die deutsche Lyrik - einfach unglaublich!

KCK Die Spürnasen Connection

erschienen 2018 bei Twentysix ISBN: 978-3740743980, 6,99 € als Kindle Edition, 9,99 € als Taschenbuch

KCK ist ein Detektivbüro, das vorwiegend Fälle aufklärt, bei denen Katzen die Hauptrolle spielen. Aber auch bei Morden und Mordversuchen, illegalen Tierversuchen, Entführungen und dem Auffinden verschwundener Lebewesen oder Gegenstände sind die Hauptakteure Karlos, sein Sohn Carlito und Kim, die Autorin, ein gut eingespieltes Team. Die Katzen begleiten ihre Familien selbst in ihre Urlaube, wo sich rein zufällig wieder Kriminalfälle ergeben. Schauplätze sind das malerische Tessin mit dem schönen Lago Maggiore, die italienische Adria und ihr interessantes Hinterland, die Pfalz und Karlsruhe, die ehemals badische Hauptstadt.
Begleiten Sie die Katzendetektive bei ihren Nachforschungen, die mit Spürsinn und dem spirituellen siebten Sinn verwoben sind.

Neues aus Katzenhausen - Alles für die Katz' und ihre Freunde

erschienen 2018 bei Twentysix ISBN: 978-37407746049, 5,99 € als Kindle Edition, 9,99 € als Taschenbuch

Dieses Buch bietet Einblicke, was auf Rassekatzenausstellungen, beim Joggen, beim Friseur, bei Faschingsveranstaltungen, Reisen und selbst in den "dunkelsten" Stunden passieren kann, wenn widrige Umstände eine junge Frau zur Pfandleihe gehen lassen. Katzen und Freunde bestimmen in vielen Fällen das Leben der Menschen, die in schwierigen Situationen mit den Samtpfoten in Kontakt kommen. Zufall oder Schicksal? Zur Freude, Erkenntnis und zum Amüsement noch etliche Katzengedichte, -witze, -zitate und -sprichwörter garniert mit eigenen Karikaturen und Zeichnungen. Auch Rekorde, welche einzelne Tiere aufgestellt haben, bleiben nicht unerwähnt. Ein Buch für Katzenfreunde und deren Freunde.

Bei der Lektüre ist sicherlich nicht "Alles für die Katz'!"

Kim Walter

Die Reise unseres Lebens

Katzenkrimi

Die Reise unseres Lebens

erschienen 2019 bei Twentysix ISBN: 978-3-740752811, 6,99 € als Kindle Edition, 13.-€ als Taschenbuch

Dieses Buch ist eine Offenbarung für Katzenfreunde, Krimifans, Reiseabenteurer und Gourmets. Wunderbare Erlebnisse und Reisen zu den schönsten Landschaften und Städten, zu altehrwürdigen Grandhotels mit mannigfaltigen Genüssen, ob Essen, Getränke oder der angenehmen Atmosphäre in den Zimmern, Suiten oder den Häusern selbst, wechseln sich ab mit gefährlichen Abenteuern. Dr. Jekyll, ein Kater mit Spürsinn und Sprachkenntnissen, begleitet mit Miss Hyde, seiner angebeteten Kätzin, zwei junge Frauen bei der "Reise ihres Lebens." Aus seiner Perspektive berichtet der Kater über die Freuden und Leiden während dieser Zeit, die durch seinen und Miss Hydes Einsatz wesentlich entschärft werden. Mehr als einmal retten sie den Mädchen das Leben. Auch die Liebe kommt nicht zu kurz, sondern im Doppelpack.

Kim Walter

Kamikater

Katzenthriller

Kamikater

erschienen 2019 bei Twentysix ISBN: 978-3-740708917, 6,99€ als Kindle Edition, 11.-€ als Taschenbuch

Auge in Auge mit dem Tod beginnt sein Leben. Während der Verfolgungsjagd seiner Eltern durch die Rotterbande gebärt die Mutter in einer kurzen Verschnaufpause ihren Sohn. Die Feinde rücken näher, die Flucht geht weiter. Blind und voller Angst versteckt sich der Neugeborene im Rinnstein. Der Straßenrand ist sein Blindenstock. Er führt ihn in ein liebevolles Zuhause auf einem Bauernhof. Nach einer kämpferischen Ausbildung stehen Abenteuer, die Bekämpfung von Verbrechen und schließlich die Liebe auf seinem Stundenplan. "Kamikater" - Ein spannender Katzenthriller, der alle Freunde der Samtpfoten mit seinem Nervenkitzel den Atem nimmt.
Der spannendste Katzenthriller aller Zeiten. Sehr empfehlenswert, aber Vorsicht: hochexplosiv!!!

Kim Walter

Transformer

Sience Fiction Katzenkrimi

Transformer . Science Fiction Katzenkrimi

erschienen 2020 bei Twentysix ISBN: 978-3-740762254, 3,44€ als Kindle Edition, 8,99€ als Taschenbuch

Im Science Fiction Katzenkrimi "Transformer" erfahren Sie etwas Wunderbares! Tom und Tamara haben zwei Leben: tags als Menschen, nachts werden sie zu Katzen. Begleiten Sie die Abenteurer auf ihre Reise nach Spanien, Südfrankreich und ans Schwarze Meer.

Doch lesen Sie selbst, Sie werden es nicht bereuen.

Das 13. Gebot: Vergeltung statt Vergebung

erschienen 2020 bei Twentysix   ISBN: 978-3-740764739, 8,99€ als Kindle Edition, 12,99€ als Taschenbuch

Die 52 Krimis der Sammlung "Das 13. Gebot: Vergeltung statt Vergebung!" gehört in die Extraklasse der spannenden sowie schwarzhumorigen Klassiker von Ambros Bierce, Edgar Allen Poe, Stephen King und Roald Dahl!
In diesem Krimiband wird mit Pflanzengenen, Standuhren, vergiftetem Alkohol, Skorpionen, Pudeln und Gift gemordet. Erstaunlich, wovon man einen "Hexenschuss" bekommen kann. In der "Schule der Angst" wütet der Tod und "Othello", eine hölzerne Figur, bekommt menschliche Gefühle. Vorsicht ist bei "Gift-Anny" zu empfehlen als auch bei "Bayerischen Schmankerln."

Das 14. Gebot: Auge um Auge, Zahn um Zahn

erschienen 2020 bei Twentysix   ISBN: 978-3-740769062, 7,49€ als Kindle Edition, 13.-€ als Taschenbuch

Wie in dem im Frühjahr erschienenen Krimiband "Das 13. Gebot: Vergeltung statt Vergebung" werden in diesem Buch "Das 14. Gebot: Auge um Auge, Zahn um Zahn!" schwarzhumorige und spannende Krimis erzählt. Ein "Tauchunfall" endet in einem Doppelmord und zur Weihnachtszeit geschehen mehr Verbrechen als übers Jahr. Eine Beerdigung ist mehr als das, und es hat einen Grund, dass manche Witwe so lustig ist....

Die Motive der Täter sind verschieden wie die schwarzen Seiten mancher Menschen: verschmähte Liebe, Rache, Eifersucht, Neid und Missgunst!

Kim Walter

Marsello: Mein Leben
Katzenroman

Marsello: Mein Leben

erschienen 2021 bei Twentysix ISBN: 978-3-740783013, 9,99€ als Kindle Edition, 17.-€ als Taschenbuch

Marsello: Mein Leben Die Stationen eines Katers, der aus einem Tierheim kommt, sein erstes Zuhause verliert und sich auf die Suche nach einem neuen Heim begibt. Sein langer Weg führt ihn über Hunger und Kälte schließlich zu Sue und Sam, die ihn aufnehmen und verwöhnen. Alleine und mit ihnen erlebte ungewöhnliche Abenteuer und lebensbedrohliche Situationen. Marsello lernt bei seinen menschlichen Freunden viele der berühmtesten Katzen der Welt kennen zum Beispiel Socks, den Kater von Bill Clinton und die Katzen der Downing Street 10. Außerdem verschafft er sich Zutritt zu der Sprache der Menschen. Auch sterben Liebe kommt nicht zu kurz, denn er lernt Chloè kennen und lieben. Für ihn ist sie die schönste und klügste Katze der Welt, eine Nachfahrin der Katzengöttin Bastet!

In memoriam

Pedro de la Selva

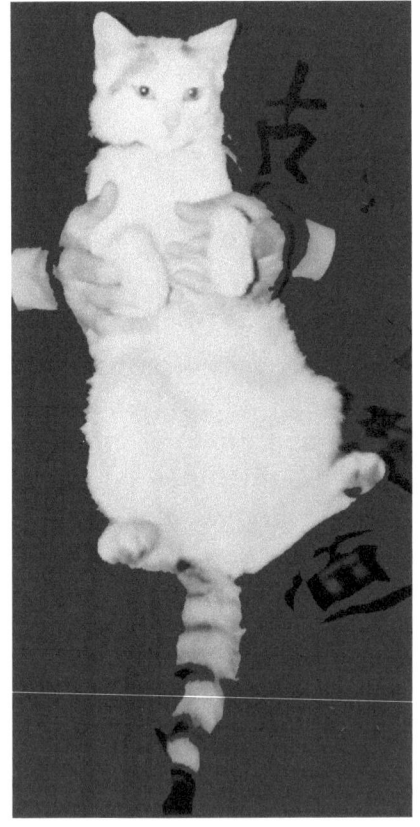

In unserem Haushalt: seit März 1985
Ermordet: 27.06.1986